Odile

D0831981

Marie Darrieussecq

White

Gallimard

Marie Darrieussecq est née en 1969 à Bayonne. Elle a déjà écrit *Truismes, Naissance des fantômes, Le mal de mer, Bref séjour chez les vivants, Le bébé* et *White*.

I

Des traces : une tranchée sous l'horizon, s'élargissant sur un cercle de neige battue. L'empreinte de chenillettes puis de semelles : sentiers reliant les baraques, piétinements. Des pistes étroites (scooter des neiges). Des crachats noirs (essence ou suie). Une esplanade, une sorte de centre, lisse et poudreux entre les tentes vides.

C'est l'aube. Ici elle dure longtemps.

Deux centimètres de neige depuis l'année dernière, rien qui suffise à effacer les traces. Sur un rayon de quatre mille kilomètres, personne encore, sauf trois Russes à la station Vostok, qui hivernent. Et nous bien entendu, mais comment nous compter ?

*

La mer est belle, c'est-à-dire (Edmée Blanco l'apprend dans le manuel de bord) presque plate, avec un petit clapot tranquille. Vagues de moins de cinquante centimètres. « Agitée », « forte », « grosse » (vagues de six à neuf mètres), et même

11

« énorme », ça existe : plus de quatorze mètres. L'injection de Scopolamine, contre le mal de mer, la démange sous l'oreille. A-t-elle eu tort, a-t-elle eu raison. Il faut se faire piquer avant le départ, ça agit sur l'oreille interne, et la perte d'équilibre est si forte par mer plate qu'elle se déplace comme les enfants qui apprennent à marcher, par cabotage, un appui sous la main. L'équipage se marre, une femme saoule au milieu d'hommes debout. Eux n'en prennent pas, bien sûr, de la Scopolamine, sauf l'espèce de lutin qui roule lui-même ses cigarettes, elle a vu la trace de la piqûre sous son bonnet. Se concentrer pour lire le manuel lui a donné le vertige. Les lignes s'éloignent et se croisent, cassent l'espace en cubes. Sortir sur le pont, profiter du grand air tant que c'est possible ? Dès demain la température va chuter et la houle forcir, le pont sera balayé par les vagues — c'est ce que lui explique en anglais des hauts-fonds le matelot moldave qui oscille et s'évase dans son regard (rira bien qui rira le dernier, alors, pour la Scopolamine).

Allongée, c'est pire. Le moteur fait piston sur le squelette, les os vibrent dans les articulations, la chair a du mal à suivre — l'estomac, surtout. Se retourner comme un poulpe. Ça sent l'humide et le gasoil. Pourtant ils ont été gentils, c'est un compartiment à bagages spécialement aménagé, pour une fois qu'il y a une femme à bord. Loger les épaules dans l'unique renfoncement, pieds en avant ; assise, le crâne cogne. Mais elle préfère ça aux bannettes superposées des cabines-dortoirs. De l'autre côté de la paroi ça s'agite, cage aux ours, certains choisissent de se sangler au lit pour toute la traversée. Quelle bannette va rouler, quelle bannette va tanguer ? Ça discutait hier soir en quittant le port. Attendre. Fleurs de rouille au plafond.

*

Singapour, il n'avait pas compris qu'on ferait escale à Singapour. Pas du tout habillé pour la saison, pour le climat équatorial. Anorak de la mission, merci. Pas voulu suivre les autres en ville, dix heures à patienter dans cet aéroport. Tous ont changé leurs monnaies nationales en dollars de Singapour — chaîne hi-fi, or, diamants, ordinateurs et même holocams et les petites femmes de Singapour, sans doute. Certains sortent seulement pour avoir le visa. *Pif paf*, tampons sur le passeport, *I was here, I was there*. Palmiers bleus derrière la baie vitrée. Carillon des vols intercontinentaux, *gling glong. Passengers. Flight. Number.* Palmiers bleus fébriles à travers la vitre. Air conditionné, presque froid. Se balancent en tremblotant, les palmiers équatoriaux, doit faire au moins 40° là-dehors. Vent brouillé. Troncs ondulent à ras d'herbe, gazon fluorescent, surréel. Ils transpiraient sous leur chemise hawaïenne, les collègues, riaient en silence à travers la vitre. Les anoraks du Projet White, merci.

Dans une boutique de la zone hors taxes, Peter Tomson, désœuvrement, achète une montre à chronomètre. Naviguent alentour des femmes en sari, des émirs, des sikhs et des équipages, des hôtesses de l'air de la Singapore Airlines (les hôtesses de la Singapore Airlines sont les plus belles femmes du monde).

*

Assise sur le pont, calée contre une cheminée. Dans l'air bleu, les cimes blanches et noires, Terre de Feu, encore visibles au plus haut de la houle. Puis la mer les remplace. Puis à nouveau les cimes. Puis le creux large et sombre de la houle. Puis la mer encore soulevée, et à nouveau cet air vif des montagnes… Décollons… Dévalons… Le commandant fait signe à Edmée à travers le carreau, ça forcit, tous se sont déjà repliés à l'intérieur — Edmée parade, Scopolamine triomphante : encore une goulée de bon air avant de s'enfermer pour la grande traversée.

Au plus haut de la houle on ne voit que la mer : ça y est. Par-dessus le petit géranium du commandant, posé sur la table à cartes, de l'eau, seulement de l'eau, et du ciel bien entendu, bleu angélique, à bascule. Dans la cambuse un vétéran fait provision de pommes, morose, va se coucher pour la traversée. Le Lutin roule une cigarette et sourit à Edmée, lui en tend une : non ? Le club des piqués anti-mal-de-mer. Et il y a le commandant bien sûr, insubmersible, et les trois matelots moldaves, et un ou deux mastodontes verdâtres qui n'admettront jamais qu'ils sont malades. Le petit géranium, seul être végétal, se balance comme un arbre au grand vent. Le Lutin (un Français, gla-

14

ciologue) : « C'est ta première traversée ? » Dix jours de mer dans le tabac et le gasoil, va falloir tenir. Les verres tintent dans leur logement, les assiettes s'entrechoquent, les tables sont aux taquets. Les Moldaves patiemment servent le dîner. Et l'eau dans les carafes, séparée mais un seul grand corps, consciencieusement fait le niveau : poupe… proue… proue… poupe… Et nous-mêmes dans le verre d'eau de la mer, etc. Ou dans l'estomac d'un grand ruminant. Le commandant modifie le cap pour éviter une première dépression. S'en remettre aux mains de. Un des Moldaves est russophone, les deux autres parlent roumain : ça fait trois matelots et deux camps. Le Lutin, c'est sa deuxième traversée, lui fait l'état des lieux, à Edmée. « Ça va rapidement devenir assez désagréable » : les polyglottes en question sont en train de boulonner des plaques d'acier aux hublots, et ficellent cérémonieusement le géranium au tableau de bord.

Grâce à la Scopolamine décidément, Edmée peut manger. La sauce moldave maintient le poulet collé au fond de l'assiette mais les patates s'élèvent au-dessus, apesanteur, cosmonautes. Roulent au sol ou s'écrasent, selon leur angle de chute et leur degré de cuisson. Banc soudé à la table soudée au plancher. Le Moldave russophone se signe en marmonnant. Dévale vers la cambuse, puis grimpe cramponné à la rampe. École de danse, manquent les miroirs. Edmée et le Lutin, épargnés, se sourient. Mais pas toujours. Au plus haut de la houle : décrochement. L'estomac écrasé sous les poumons, va sortir par le haut, moment

15

d'apesanteur — *BLÂM* : ventre du bateau retombant à plat sur la vague. Tous les organes en bas du corps. Une sorte de silence. Lumière blanche dépolie. Sous la vague. Puis la mer — mur noir fracassé dans la très petite vitre encore libre — puis le ciel enfin. Crier pour s'entendre, Pinocchio enfourné, gueule de baleine. Le bateau hurle, le moteur on ne l'entend plus : « Le roulis c'est pire » (le Lutin). « Le tangage on anticipe, le roulis on subit. » Edmée opine du chef, doucement, pour ne pas vomir. Plus que trois survivants à table, et le pilote en haut dans le — cockpit ? — et le Moldave résigné qui débarrasse les assiettes à grands bonds involontaires. Eau et vin mêlés, patates écrasées. Tabac, gasoil, bouffe. Bonsoir au Lutin.

Le sol manque sous les pas d'Edmée, elle galope — le plancher veut la happer — peine ensuite dans la montée. *Bim, bam*, agripper la poignée, cage métallique du couloir et l'odeur ! Sol zébré de vomissures. Sacs en papier kraft accrochés à la rampe, un Moldave lui a expliqué en ouvrant grand le bec dessus, *BÂÂRK*. Cinq sur cinq. Bouillie immonde juste devant la porte des chiottes, patates et poulet, ne pas regarder. Sol monte, sol descend. Dans la cuvette une eau boueuse, et des grumeaux, enflent, se retirent… Le siphon refoule, pompe l'air sur tribord et la mer sur bâbord, gargouillis et giclées — enfer !

*

Se lever et enjamber toute la rangée ? Claustrophobie. Chaleur sèche. Zonzon obsédant de

16

l'avion. Tous ses voisins dorment. Peter soulève à demi le volet du hublot : lame de soleil à travers l'avion, un sabre — les dormeurs grognent. Dessous, l'Australie rouge. D'autres passagers vers l'avant de la cabine dégainent à leur tour : les braves chevaliers ! La lumière des matins en avion, la planète qui roule et change sa nuit d'épaule, jour liquide dans l'air épais. Se déplier pour aller pisser ? Quelques pas ? Classe économique, enfer, un mètre cube pour tout le corps, jambes pliées en trois, coudes dans les côtes, poumons comprimés. Au sol : pas une route, pas une ferme, pas une tache verte : le deuxième désert le plus sec du monde — le premier c'est l'Antarctique. Étoffe rouge déchirée de noir (canyons ? éboulements ? fissures ?) et matelassée par endroits (collines ? rochers ? montagnes ?). Guetter comme un enfant les kangourous.

*

Lentement, ils approchent. En avion et en bateau. Nous nous rétractons. Nous faisons de la place, nous créons de l'espace en nous faisant petits. La zone recensée n'en paraît que plus vide. Nous nous entendons bruire, le mouvement c'est déjà ça. Quelle langue aurons-nous à parler ? Ça marmonne et commence à ruisseler en nous. Quelques jeux sur la glace, cinq soleils : *hop !* pour personne.

*

Les chaussettes mouillées, cette eau infecte a pénétré. Se fourrer dans le sac de couchage, un peu d'eau de Cologne inhalée au flacon (bouffées brûlantes, fleur d'oranger). Se sangler fermement sur la bannette. Tête... pieds. Pieds... tête. Bascule dans le ventre... l'estomac pressé sous le diaphragme — puis en chute libre dans les tripes... Bateau qui s'abat, *han !* Éteindre la loupiote. Scopolamine, laisser filer. Le moment de suspens en haut des vagues devient presque agréable. Trente ou quarante ans qu'il tient bon, ce bateau : alors. (Un ancien remorqueur. Une bourrique de petit remorqueur avec double coque à fond plat : tout en force.) Un bercement un peu rude, voilà tout. Tu savais dans quoi tu t'embarquais. Tu ne peux plus reculer, et c'est très bien comme ça. Il fait chaud. Ça jure en roumain dans la coursive. Les bruits sont à leur place, fracassants mais réguliers. Le choc répété, sous la coque, coup de gong et bris de verre. *Ta-ta-ta-ta-* du moteur (se concentrer sur les basses). Grincements métalliques, bateau, mer. Frottement de l'eau, bulles, la mer déroulée tout autour... Se laisser bercer... Entendre s'éloigner la terre... repos... dormir...

*

Le contrôleur aérien de la zone d'Alice Springs se signalait, sa voix se déplaçait avec l'avion à cinq cents miles à l'heure, relativement lentement par rapport au globe qui cavale en dessous, se signalait, donnait le cap, le commandant de bord entrait les valeurs sur l'ordinateur et l'avion virait, 12° vers l'Est, léger basculement sur l'aile, soleil entrant maintenant plein cadre dans les quelques hublots découverts et dormeurs s'agitant, leur nombre décroissant pendant que les hôtesses démarrent la procédure du petit-déjeuner — et plus tard, alors que la tour de contrôle de Woomara prend le relais (15° vers le Sud, bourdonnement des automatismes, liquidité de l'air, le pilote ajoute 2° pour éviter un cumulo-nimbus et c'est sans perturbation que les hôtesses peuvent remballer les plateaux du petit-déjeuner), Peter Tomson fait ses exercices de respiration. L'air est vicié mais tant pis, *just a glass of water please*, ne boirait pour rien au monde de ce café-là, se concentre sur sa respiration, soleil d'aube plein profil, le sol rouge est encore à l'ombre, déjà vingt-quatre heures de voyage et Peter Tomson coincé côté hublot essaie de se détendre en faisant son yoga du matin — respiration basse, ventre lentement se gonflant, puis les côtes soulevées et les clavicules épanouies — et médite, les yeux fermés, concentré sur l'espace entre les sourcils, le *point de connaissance* disent les maîtres yogis, fait le vide, corps déposé, sensible uniquement au souffle fluant et refluant à ses narines — et nous, les fantômes communs aux avions longue distance, nous le contemplons.

*

La mère d'Edmée lui expliquait que c'était la coutume après un décès, un an et un jour après exactement. Toute la famille réunie autour de la fontaine carrée. *Vous ne pouvez pas faire ça !* Pour Edmée c'était surtout sa réputation au lotissement qui était en jeu. Aux fenêtres des façades voici qu'applaudissent sa mère et plusieurs membres de la famille. Il y a même des caméras pour filmer. Les femmes les plus âgées, les pleureuses et des créatures qui depuis toujours portent barbe et ongles longs, arrachent la terre à main nue. Les quatre petits cercueils apparaissent, impeccablement blancs et propres avec des poignées de métal doré. Sa mère la tire par le coude et l'entraîne vers la maison : fraîcheur sombre, pendant que se déroule la barbare cérémonie : avec de fines raclettes, on gratte les lambeaux. Les os dénudés, bien propres, sont replacés comme il faut, avec une grande science de ces puzzles. « Heureusement il nous reste ce trésor », dit sa mère en respirant l'eau de Cologne de sa grand-mère. Edmée entend la phrase dans le plurilinguisme impeccable des rêves — un choc plus violent de la mer la réveille, il lui reste ce mot sur la langue, trésor, et la sensation d'un rêve fondant aux plis de son cerveau.

*

Autour du cockpit s'élargissait Sydney pendant que Jan Perse et le Finlandais se dévissaient la tête et puaient (transpiration) penchés au-dessus de Peter (banlieue rase de Sydney, bras de mer et gratte-ciel au loin) ; et pendant que le rang suivant (Queen Mum, le toubib et Claudio Brindisi)

redemandait du vin puisque c'était gratuit. —
Dans le cockpit au centre du monde le commandant de bord et le copilote sont passés en mode
manuel avec le sérieux nonchalant propre aux
hommes en uniforme, chacun surveillant les
gestes de l'autre comme l'exige la procédure,
routine décontractée, gravité des profondeurs, à
leurs lèvres zigzaguent des blagues et Sydney
s'élargit, sol peu à peu plus vaste que le ciel,
demi-sphères inégales entre lesquelles l'avion,
cric-boum, sort son train d'atterrissage, *two thousand
feet, one thousand feet*, puis plus rapide, *five hundred,
four hundred*, et encore plus rapide *fifty, fourty*, et à
toute allure *ten, five, four, three, two, one*, la voix
synthétique n'est pas programmée pour *zero*, ça
porterait malheur, le bruit des pneus amortissant
le choc suffit à signifier que tout va bien — pendant que nous, agglutinés derrière pilote et copilote ou assis sur le nez de l'avion ou logés dans les
aisselles de Peter nous enlaçons nos membres de
fantômes et jouissons une seconde, *thomp*, de la
sensation fugitive de toucher terre.

Peter Tomson, qui s'étire, qui n'en peut plus,
Peter Tomson, la trentaine, ingénieur chauffagiste, né on ne sait trop où mais de nationalité
islandaise, de parents ayant pris un nom local
(enfin : leur idée du nom local), bref Pete Tomson, coincé contre un hublot, qui a eu envie de
partir loin et qui se demande (idiome de son cerveau) dans quoi il s'est embarqué.

*

Elle vivante, il ne serait pas dit qu'Edmée Blanco sauterait un petit-déjeuner. Dessanglée — *blang* sur la paroi de métal — d'une paroi l'autre et kangourouesquement elle se laisse entraîner par la coursive pleine de vomissures jusqu'à la salle à manger, où il n'y a que le Lutin et un Moldave, et bien sûr le commandant sur sa passerelle. Trois gouttes seulement au fond de la tasse si on veut réussir à la porter à ses lèvres. « Même le café a goût de vomi » (le Lutin). L'odeur est partout, hublots vissés à mort. Enfermés dans un Tupperware secoué dans tous les sens. Une étrange lumière grise, la lumière de la mer, en alternance avec du blanc, machine à laver aux hublots. On n'enfourne plus sous les vagues, c'est déjà ça. « Dans trois ou quatre jours ça devrait se calmer » (le Lutin, air dégoûté). « Mon sac de couchage est plein des dégueulis de la bannette du dessus, aucun n'a le temps de courir aux toilettes, ni même d'emboucher un sac en papier kraft. » Edmée se tourne vers le hublot (c'est-à-dire : pivote sur ses fesses, banc riveté, en se cramponnant à la table) : bulles noires puis spirale d'eau puis jour — horizon de guingois, surplomb des vagues et le ciel vide, gris — puis la spirale d'eau, la mer, les bulles. Sous l'eau, à ces profondeurs et sous ces latitudes (cinquantièmes hurlants, bientôt le cercle polaire), quelles créatures ? Un tentacule de calmar géant venant se coller, *splash*, à la vitre ? « Des sirènes », propose le Lutin. « Juste une biscotte », dit un autre Français en s'asseyant courageusement. Les tasses dans leur logement métallique, *cling… clang…* le café d'un bord à l'autre… « Quand je pense (le Français, livide) que certains viennent en avion ! LE CUL BORDÉ DE NOUILLES ! » Le Lutin roule une cigarette ; l'allume. L'autre a juste le temps de se lever, on l'entend courir et jurer dans la coursive : affreux bruits de plomberie gastrique. Le Lutin sourit à Edmée.

*

Edmée Blanco, ingénieure bilingue en télécommunications, la trentaine, née à Bordeaux, France, résidant à Douglastown, lotissement proche de Houston, Texas, épouse de Samuel, administrateur à la Nasa, est autorisée à rendre visite au commandant de bord. La passerelle est la pièce la plus vaste du bateau. C'est aussi celle d'où l'on a la plus belle vue (et la seule). Malgré les plaques d'acier protégeant les vitres latérales, il reste suffisamment de pare-brise pour se rendre compte : la mer, où que le regard se porte. La mer la gueule ouverte. Les lames noires, de face, se levant et s'abattant, divisées en autant de lames noires qui montent sur d'autres lames, fendues parfois de crêtes blanches (les attaquer de biais, redescendre — admirons le savoir-faire du commandant : barbe, poils, pectoraux, œil d'acier et le fantôme du capitaine Nemo penché sur son épaule).

Edmée Blanco s'intéresse au système radio, laisse entendre qu'elle s'y connaît (elle n'est pas là en touriste ou en femme : mais en mission comme tout le monde, sa place à bord est justifiée). Dans son champ de vision ne cesse de déferler la mer, ses rétines constamment envoient à son cerveau le ciel, la mer ; la mer, le ciel ; le gris, le noir ; images qu'il décode et que la Scopolamine stabilise. « Ça se calme » (le commandant, avec sobriété). Billes de pluie jetées aux vitres. Nous voyons vers le Sud s'élargir l'anticyclone, et plus loin des icebergs que les instruments de bord ne tarderont pas à détecter (les passagers du *Titanic* se retirent avec dépit, murmure mouillé). Des baleines, à deux milles. Des calmars dans les profondeurs. De grands bancs de morues géantes. Un petit avion *twin-otter* au-dessus des nuages, cap sur Terra Nova, et deux albatros qui glissent au ras de l'eau ; les voici, ils croisent leur vol sous la proue : énormes, lents. Edmée n'a jamais vu d'aussi grands oiseaux. Et si se forment dans son cerveau des images parasites, tricycles, balançoires, gazon vert et fontaine, ce n'est pas faute (pour notre part) de chercher à la distraire.

*

Peter Tomson, au bout de trente-six heures de vol (escales non comprises, et trois changements d'avion) est en train de dormir lorsque le petit *twin-otter* pose enfin ses patins sur la neige antarctique de Terra Nova. Glisse longuement. S'arrête. Queen Mum, Jan Perse et le Finlandais se consultent du regard : le laisser dormir. Dans la serre où Peter mène son épuisante conversation avec son père, poussent des roses en quantité.

24

Singapour, Sydney, Christchurch, et cet endroit maintenant. Hublots blancs de gel. Le pilote fait du fuel, longs anneaux de tuyau, on dirait une station-service au bord de la mer. De la bouche de son père se déroulaient des phrases tout en boucles, les résurgences au pied des rosiers, comment ça s'appelle, lianes vertes qui ne donneront jamais rien et bouffent toute l'énergie de la plante — au sécateur : *clac !* Empêtré dans cette idée au lieu de trouver le mot pour le faire taire. Toujours le même rêve, le sommeil quelle arnaque, une fonction déréglée de la nature. Toujours plus fatigué et soupçonneux au réveil.

Enfin pris une décision. Enfin faire quelque chose. Répondu à cette annonce, et voilà. Et s'il descendait deux secondes, quand même ? Boirait bien quelque chose de chaud. Mal à la gorge. Pas un bistrot, évidemment. Le gros, là, Queen Mum, lui fait signe : des otaries, bon. On dirait une espèce de campement, là-bas, de l'autre côté des otaries. Mais par où passer ? À deux bons mètres au moins des dents. De quel côté les dents ? Aucune idée de la rapidité de ces bestioles. Le Finlandais revient avec du Coca, plutôt crever que boire ça. Avec son joujou numérique acheté à Singapour, va rapporter des hologrammes de pingouins à ses enfants. Sûr qu'il n'a pas jeté un œil *en dehors* du viseur. Mal aux épaules. Mal à la gorge. Et sa mère qui entrait dans la serre, ou

Nana. Ou quelqu'un d'autre ? Une silhouette à travers les vitres — au diable.

Une douche chaude, un lit. Va encore falloir attendre. Encore plusieurs heures de vol, jusqu'au centre, jusqu'au Pôle. À se geler. On ne voit rien à travers ces hublots. Où aller de toute façon ? Autant prendre une décision. Ç'aurait pu durer des années. Shackleton, le vrai héros des pôles. Pas comme ce boucher de Scott. Le vrai gentleman, Shackleton. Et eux, là, savent bien sans doute pourquoi ils sont là. Salaire triple ou quadruple, primes. D'éloignement, de froid, de risque. L'aventure. Le gros, comment l'ignorer, en est à sa quatorzième saison. Cuistot. Sûrement plus excitant que d'être enfermé dans les soutes d'un restaurant.

À quoi ressemble cette chaudière. Juste espérer qu'elle redémarre, après on verra bien. En Islande au-dessous de zéro on a froid comme tout le monde. Sûr qu'ils l'ont embauché sur ce mot, Islande, alors que le chauffage là-bas c'est le rayon sources chaudes, vapeur et volcanisme. Gulf Stream, géothermie, les gens n'ont aucune culture générale. Espérons juste que la bête redémarre —

du Coca répandu — pas *répandu* : pétrifié instantanément, *scriitch !* Petit tas de cristaux bruns, jamais vu ça. Ne pas toucher de métal sans gants. Leurs consignes de sécurité, avaient l'air de croire (à l'embauche) qu'il les avait comme qui dirait dans le sang. Islande, mot magique ! Le gros, le chef cuistot, toujours se mettre bien avec les chefs cuistots, maîtres après Dieu, et Jan Perse

26

le chef entretien, ils sont tous chefs finalement, et lui : chef chauffagiste, à lui de réchauffer tout ça — c'est qu'ils comptent sur lui, attention. On attend une femme, il paraît, chef radio, c'était le grand sujet pendant tout le vol. *Essaie de rire un peu de leurs blagues. Arrête de faire la gueule, fais un effort social. Épuisement, ce rêve — espérons que ça ira, là-bas —*

*

Mer noire, lente, amollie. Pourquoi si noire ? La profondeur, peut-être. Ça commence à remonter du ventre du bateau, les rescapés des bannettes. Saluent le commandant du bas de l'escalier, *hello, bonjour, buongiorno*. Ont faim (les Moldaves grommellent). La houle insensiblement change d'angle. Corps se balancent de façon incongrue, déroutés, de biais, comme les crabes. Le Lutin et elle : souverains. La mer n'a plus d'encoches ni de rayures mais une sorte d'ampleur lisse qui enfle puis se rétracte. L'horizon, bande floue entre ciel et terre, impossible de savoir d'où vient la lumière. Où est le soleil, quelle heure est-il (11 : 00, heure de Nouvelle-Zélande). Ciel d'acrylique. Gris uniforme, dépoli, très mat dans le lointain, avec peut-être le ventre d'un nuage qui s'affaisse dans la mer : un grain ? ou quelque chose de blanc (comme une dent — une voile ?) ?

Iceberg ! Le commandant, jumelles collées à la vitre. Buée enfantine des nez au carreau. Edmée ne sait pas quoi regarder, où voir. Sur l'écran du sonar : une grosse masse, assez proche, en rele-

vant le nez elle la voit, elle le voit : le premier iceberg. Blanc et précis dans le flou du ciel. Trace
l'horizon à sa base, net, sur la mer noire. Difficile
d'appréhender la hauteur. Dix étages, trente étages... Et long, très long. Impression rétinienne
qu'il occupe toute la largeur : du blanc reporté
sur du blanc, et plat, parallèle à la mer — un ruban. Le commandant lui prête ses jumelles. Noir
mer / tache rouge (géranium) / noir mer / gris
zigzagant du ciel / — ah : la paroi blanche. Une
part de gâteau tranchée net. Sucre glace en
congères, au sommet. Fines strates horizontales,
défilant dans les jumelles. Bleutées, ombrées par
endroits — surplombs. Et vers la base (flashes
blanc / bleu / blanc / bleu) un bleu de profonde
cassure. Une sorte de grotte. Bleu comme, comme
est bleu quoi, l'inconnu ? Le vide ? La peur, oui :
le Grand Sud.

C'est un éclaireur, une sentinelle. Avertis-
sement. Cette énorme chose blanche. Et il faut
imaginer que c'est froid, jusqu'au centre. Ce n'est
pas une de ces choses qui se réchauffent en profondeur, comme la Terre ou les corps. Et par-
derrière, impassible : le continent. On pourrait
imaginer qu'en faisant le tour de l'iceberg (combien ? une heure de mer ? une journée ?) il y
aurait, face cachée de la Lune, des signes laissés,
une intention. Mais ça n'a rien à voir avec les humains. Ça se passe d'eux. De la glace un point
c'est tout. Ni prairies au dégel, ni arbres, ni ri-
vières, ni même ces déserts qu'on connaît, avec
du sable, des buissons, un lit de rivière à sec.
Oued. Non, ça ne veut rien dire. Edmée aimerait

croire (sentinelle, émissaire) que ça guette, que ça attend. Que ça leur veut quelque chose, et pas rien. Un morceau se détache en silence. Jaillissement d'écume. « *Gros comme une machine à laver ! Comme un trente-trois tonnes ! Comme un immeuble !* » La glace à vif est d'un bleu stupéfiant ; comme si à l'intérieur de cette chose blanche logeait la couleur bleue. Comme si ses pigments d'origine dérivaient là, et fondaient. Et par mélange, donnait naissance au gris du ciel, à la mer noire. Pulsation insistante de cette lumière-là, ni blanc ni mer ni ciel. Si elle en détachait un petit bout, serait-il bleu dans sa main ? Un soleil bleu, un soleil froid. *Et on va là-bas, c'est vers ce genre-là de continent que je me suis embarquée — faire machine arrière, rentrer, redémarrer à blanc, pourquoi prendre les choses si à cœur ? Rien là-dedans ne te concerne.*

*

L'ombre en croix de l'avion se déplace, et rien, rien n'interrompt le blanc : ni crevasses, ni lit de rivière (des *oueds* ? à quoi s'attendait-il), ni, quoi : souches, arbres morts, squelettes d'animaux ? Pas d'oasis évidemment, pas un caillou. Un désert complètement désert. Plat, un peu brumeux si on tient à voir quelque chose. Pas d'horizon. Un ciel bleu pâle et un sol blanc ; pour séparation, quelque chose comme de l'air pulvérisé. Le Finlandais prend des photos par le hublot (?). La lumière : une aube permanente. De ça peut-être il prend la photo. Comme chez lui, en Carélie ou Dieu sait où. (Des Russes de toute façon. Les Finlandais : le trou du cul de la Scandinavie.) Content d'être au milieu, Peter Tomson, entre le Finlandais et Queen Mum. Essayant de perdre le moins de chaleur possible. N'a pas pensé (ou pas écouté les consignes) à mettre ses surbottes. Il a ses chaussettes laine-et-soie, ses sous-bottes en tissu thermique, ses bottes en Gore-Tex, mais pas ses surbottes coquées. Et il se gèle les pieds. Herzog. Lachenal. *Anapurna Premier 8000.* Lachenal surtout, « *je ne devais pas mes pieds à la jeunesse française* ». Un homme, un vrai. Le héros de l'affaire, un esprit indépendant doublé d'un gentleman. Tout ça ne réchauffe pas les pieds de Pete Tomson. Qu'il tortille, comme on fait dans ces cas-là. L'idée de devoir traverser toute la carlingue, jusqu'aux bagages… D'enjamber Dieu sait comment son imposant voisin, de se battre contre le fermoir congelé de la malle pour récupérer ses surbottes… Autant planquer discrètement ses pieds mal chaussés sous les épais mollets de Queen Mum.

Et c'est à lui, Peter Tomson, d'aller rallumer, remettre en route, en état de marche, la centrale électrique dont dépend tout le Projet. L'eau. Le chauffage. L'électricité. L'incinération de la merde et des déchets. Et il a une demi-heure pour ça, pas une minute de plus : par précaution le pilote n'éteint pas le moteur de l'avion, et en cas de repli les phases de stabilité météo sont très courtes. Tout est codifié, pensé, consigné, mesures de sécurité parfaitement rodées… Même les enchaînements de hasards les plus improbables. Ailleurs la substance du monde est floue ; ici tout est défini. La procédure d'échec il préfère ne pas y penser, lui, le bleu. Son prédécesseur a laissé tomber au bout de deux saisons, malgré les primes. D'astreinte vingt-quatre heures sur vingt-quatre. Réveillé à n'importe quelle heure par l'alarme de panne. Saison enclenchée, quand tout le monde est sur la base : le délai de redémarrage tombe à vingt minutes — le temps que l'eau commence à geler. Sinon : procédure d'évacuation, chacun sait ce qu'il a à faire. Prendre son barda minimum et s'enfermer dans le caisson de survie. Attendre que les secours arrivent. Il paraît qu'on peut tenir des mois. L'année, s'il le faut. Et qu'on entend tout péter sur la base, les canalisations d'abord, et les machines, etc. Bien que ce ne soit jamais arrivé, en tout cas du côté européen. Les Australiens, paraît-il, ont dû évacuer une fois. Mais ce n'était pas forcément un problème de chaudière, il y a d'autres raisons d'évacuer. Ces choses-là, difficile à savoir, *motus*. Lors des entretiens d'embauche : *il n'y a qu'au pôle Sud que ce métier, chauffagiste, atteint sa pleine mesure.* Il avait cru qu'ils se moquaient de lui. Ça se rapproche. Combien fait-il dans la carlingue ? – 30° ? Et dehors : – 60° ?

Le pilote vole au ras de la neige maintenant, à cinq, dix ou vingt mètres du sol (difficile à dire : les proportions manquent). On ne risque pas de heurter un pylône, ha ha ha. Le Finlandais au hublot s'agite. Sans rien perdre de sa dignité Pete Tomson se tord le cou pour mieux voir (lame froide sur la nuque). Un ruban rouge, qui se scinde en petits blocs, en briquettes *(Lego)* surmontées de fumées noires : les camions-chenilles du raid. « *Fresh food !* » dit Queen Mum. Peter marmonne un sarcasme. S'en veut instantanément : qu'est-ce qu'il en connaît, lui, du goût des conserves qui s'entassent hiver sur hiver dans les bases ? Le petit convoi donne d'un coup la perspective au bout de ce brouillard bizarre. Klaxons des *Caterpillars*, le pilote fait bonjour, droite-gauche avec les ailes : Queen Mum s'effondre sur Pete Tomson qui s'effondre sur le Finlandais, ricochet du hublot, *bing. Bien fait pour moi* : songe Pete Tomson. À supposer qu'existe une justice immanente — hypothèse qui le ferait rire s'il se formulait la question ; mais depuis l'enfance ça veille en lui, le tribunal des signes. Remue les orteils, pour vérification. Fantôme de Lachenal penché sur lui : ça va.

*

« Beau glaçon, pas vrai ? » (le commandant). Edmée lui rend les jumelles, le mur bleu/blanc s'éloigne d'elle. Réadaptation visuelle. Distances, mer. L'iceberg grandit, tout l'horizon barré ou presque. (1/10e émergé, 9/10es sous l'eau. Ce qu'on voit et ce qu'on ne voit pas. Prévisibilité merveilleuse de l'univers physique.) La paroi se précise à l'œil nu, on devine les fentes, et ce bleu, d'une pureté d'épouvante. À quelle profondeur son énorme quille sous lui ? Lent déplacement, décroché de son glacier, sur sa lancée… dérivant dans les courants, ne s'arrêtera que fondu (dix ans ? cent ans ? mille ans ?). Plus haut et plus large comme on s'approche, et les humains sont plus petits. Les lois de la perspective, en somme. Combien d'immeubles ? Déployer ici les gratte-ciel de Houston — à quelle hauteur s'élèveraient-ils ?

*

Le Projet White, donc. Construction d'une base européenne permanente au cœur du continent antarctique. Pour l'heure on y vient par *saisons*, l'été (douceur de vivre à – 40°, au lieu des – 80° l'hiver). On y vit dans des préfabriqués et des tentes, chauffés comme ça peut. Arrive d'abord la logistique : cinq éclaireurs à bord du *twin-otter*. Lui, Pete Tomson, et le chef de camp, le chef entretien, le chef de chantier et le cuistot. Arriveront dans la foulée, par la rotation bateau, la fameuse chef radio, le toubib, l'ingénieur chef, et quelques autres, dont une bonne poignée de glaciologues. Est-ce que ça se réchauffe ou pas, en ce moment tout le monde est preneur. Puis, par le raid, avec la bouffe fraîche : les ouvriers. Mais Pete Tomson doit d'abord remettre en route la centrale. Il tortille ses doigts de pied.

« On va faire le plein ! » (le pilote). L'avion pique du nez, haut-le-cœur de Peter qui aperçoit le relief scintillant de la neige : du granulé croûteux. Seuls les Lapons ou les Inuits sauraient le mot dans leur langue maternelle, nuances de neige et variétés du blanc. Mais ici, personne n'est jamais né. L'avion zigzague. Reprend du champ. Redescend. C'est qu'on cherche le bidon.

Le bidon déposé par le raid précédent, le bidon de l'année dernière. Pete Tomson recadre ses projections mentales : nous ne nous poserons pas à une station-service, nous ne boirons pas un café, nous ne réchaufferons pas nos pieds pendant que les camions, *bang bang*, secouent les baies vitrées. Un bidon, donc. Claudio et Jan Perse, sur la traverse avant, guettent avec le pilote. Devrait être couvert d'à peine un peu de neige. Rouge vif sous la poudre. *Crac boum*, Pete Tomson s'écrase sur Queen Mum pendant que le Finlandais, prévenu, amortit le choc contre le hublot. *Ratata-ta-ta-tap-tap*, hélices ralentissent, l'avion cahote, s'immobilise, vibration de libellule trépidant sur place : *hop*, le pilote se suspend avec élégance à la portière et saute à terre. Pete Tomson endolori se déplie à sa suite, Queen Mum se pelotonne — « *la porte !* ».

Nous, qui hantons le bidon, sûr que nous sommes tous là. Nos derniers visiteurs remontent à la saison passée. Le pilote a branché l'embout du réservoir sur l'embout du bidon. Il pompe. Allume une cigarette avec décontraction. Ce que regarde d'abord Peter, c'est le bout rouge de la cigarette, le seul point chaud de l'univers. Pas de problème avec les vapeurs, sans doute, est-il bête : le froid est tel, ça ne sent ni le tabac, ni le kérosène. Ça ne sent rien. IN CASE OF EMERGENCY, CALL 938 000 00. C'est un numéro australien, les pompiers de Melbourne. En lettres capitales sur le bidon rouge. Ça fait sourire Peter ; grand vide dans la poitrine. Coup d'œil autour de lui, mouvement giratoire : tout est vide et blanc. Immense

34

plateau de neige. Souffle court, l'altitude — quatre mille mètres. Un dôme rond, un continent de glace accumulée. Est-ce qu'on peut appeler ça un paysage ? Avec une brume claire à hauteur d'homme, comme si le sol se vaporisait directement dans l'atmosphère, par sublimation. L'état liquide est inconnu ici, il faut l'intervention humaine (la chaudière. Redémarrer la chaudière). Soleil rasant, jaune pâle. Longues ombres bleues, l'avion inscrit à plat sur rien, à peine les traces des patins, et la croûte blanche intacte à l'infini. Profil orange et doux, vaporeux, du pilote, et aux hublots les visages d'enfants de Queen Mum, Claudio, Jan Perse et du Finlandais. *Tap tap tap* des hélices au ralenti. Pollution sournoisement inodore : contrarie Peter.

Nous entourons le bidon et le regardons se vider, bruit de succion de la pompe : c'est le seul événement sur ce point du globe. Bidon plein / bidon vide : passage du temps ; et quelques flocons de neige çà et là. La caravane des camions-chenilles, une fois l'an. Le soleil qui se couche avec mille feux pour personne. Et c'est la nuit pendant six mois. Puis le soleil se lève, l'aube dure des semaines, rose, verte, jaune, et dans ses derniers éclats le premier avion se pose avec quatre ou cinq êtres humains. Et voilà. Six mois d'été. Le pilote, un ancien G.I., est le même depuis quinze ans. Il fait le yoyo au-dessus du continent. Il aime particulièrement atterrir ici, *in the middle of nowhere*. Et toujours, remplissant son réservoir, il savoure sa cigarette dans le froid, avec ces gestes fermes et précis qu'ont les vivants. Nous jouerions bien à déplacer le bidon, à l'enfouir, à le siphonner, à le saboter, mais l'énergie considérable mise à ces jeux nous viderait sans doute, aussi. Peter Tomson a enfilé son anorak par-dessus sa combinaison, orange les deux, c'est l'uniforme du Projet White, *horreur des uniformes mais il faut reconnaître : c'est du bon matériel*, double feuille de kevlar et vrai duvet. Dans son champ de vision brumeux passe la main gantée du pilote, elle monte à ses lèvres, y saisit la cigarette et — ouvrant le pouce et l'index — la lâche. Le mégot suit une trajectoire quasi recti-ligne ; sa température chute de 93° en moins d'une seconde, il touche le sol, roule sur trois centi-mètres et s'arrête ; la salive résiduelle s'est déjà congelée. L'épaisse semelle de caoutchouc (sur-botte du pilote) écrase mécaniquement ce qui reste. Un filtre qui se défait, du tabac blond de Virginie, des cendres, du papier. Pete Tomson se penche, ôte sa moufle droite (pendant que le pilote, lui, renfile la sienne sur ses gants), et re-cueille un à un les brins et brimborions dans le creux de sa main. Il faut cinq cents ans pour qu'un filtre se biodégrade dans un milieu raison-nablement humide, on peut supposer qu'ici il se conserve pour l'éternité. Qu'en faire ? Dans la poche de l'anorak. Il reste quelques piquetis de cendre, Peter tente de les enfouir du pied, mais la neige croûteuse (dont un Lapon saurait le nom) est décidément dure, et ses orteils sont doulou-reux. À chaque emplacement de bidon, il doit y avoir des mégots du pilote. Et, stagnantes, des fumées de kérosène et de tabac. *Ratatata* des hélices au ralenti. Pete Tomson se sent soudain extrêmement découragé.

Mais son calvaire n'est pas terminé. Alors que le pilote débranche la pompe à fuel Queen Mum vient d'ouvrir son hublot. Il lâche un sac en plastique marqué *Castrol*. Un léger vent se lève, c'est le comble. Les rayons du soleil se déroutent, s'enroulent, réfractés par le gel, bondissants. Cristaux scintillent en suspension, lumière dérive en rubans, comme si nous soufflions à travers des cheveux d'ange. Mais Pete Tomson ne peut pas profiter du spectacle. Les hélices ont déjà accéléré (tourbillons de givre), le pilote aux commandes le regarde, tout le monde le regarde. Pete Tomson court après le sac en plastique. Claudio, Jan Perse, Queen Mum, le Finlandais et nous-mêmes changeons de côté dans l'avion pour mieux voir. Le sac, fermé par un nœud, est rond comme un ballon, le vent le traîne sur la neige dure, *ziii*, le logo vert et rouge clignote dans l'air blanc. Enfermée dans le sac, l'urine de Queen Mum perd cinq degrés à la seconde, elle est en voie de congélation et a en ce moment la consistance d'une crème fouettée. Quand Pete Tomson réussit, hors d'haleine, sauts de cabris, à attraper le sac au vol, son contenu lui éclate entre les mains.

*

L'orchestre jouait, et le violoniste à tête d'oiseau la regardait par-dessus son cache-bec rouge. Plus le fracas montait, plus il jouait fort : un coup d'archet strident à chaque craquement. Et il lui souriait : *tout va bien, tout va bien. Rien de ce qui se passe ici ne te concerne.* Pourtant les explosions faisaient bondir son cœur et quand elle se retourne : la terreur envahit sa poitrine comme un gel. L'iceberg a dévoré toute la proue. Il avance encore, blocs blancs qui s'effondrent. En avant, et en avant encore. Sur les haubans, et sur l'orchestre : *bada-bang !* Elle est dans la fosse et tout autour d'elle jouent les musiciens dans l'avalanche, craquements, et le violoniste à tête d'oiseau plus fort que tous les autres. Craquements et gel !

Edmée Blanco, hors d'haleine et sueur froide — s'assoit d'un bond dans sa chemise de nuit. Le bruit — celui de cette casse de voitures derrière le lotissement, avec cette grande presse qui broie et compacte, mâchoires ! — Elle enfile son anorak comme elle passerait un peignoir et clopine pieds nus entre deux dégueulis, couloir. Le bateau rassemble ses forces répétitivement — se cabre comme à l'assaut d'une vague très raide : temps d'arrêt, suspension — *crac !* — et une chute brève, sifflante. Cambuse, il est sept heures du matin heure de Nouvelle-Zélande (qu'est-ce que ça veut dire, où sommes-nous ?). On la regarde avec curiosité. Beaucoup de nouvelles têtes (tant de passagers à bord ?). Il est vrai que ça remue nettement moins. *Crac, ziii,* une saccade bizarre mais qu'on anticipe mieux. On mange même des tartines. Bref, Edmée monte à l'échelle de la passerelle parce qu'elle en a le droit (honneur aux dames et à ceux qui n'ont pas été malades) et voit :

la mer, blanche ; sous le ciel blanc. La mer couverte de glace, qui ondule par plaques. Rompue
de zigzags noirs. Une marqueterie souple, avec
parfois des formes dressées, des corniches, des
amoncellements, des gros glaçons qui se retournent, *splash* ! Là-bas, sur bâbord, l'eau est encore
libre, noire comme un cuir. Mais la finesse rela-
tive du *pack* — explique le commandant — et les
bonnes conditions météo, bref : on va tout droit.
L'air content, le commandant. Ça rigole dans la
cambuse. Et le Lutin ? Il est dehors, dans sa
combinaison du Projet sortie pour l'occasion : on
aborde la banquise, non ? Elle a d'abord du mal à
le reconnaître parmi les groupes en uniforme
orange, accoudés au bastingage comme en croi-
sière. Toute une foule semble avoir éclos des
bannettes, comme si les soutes avaient couvé des
œufs, des cocons. Ce très vieux film, *L'Invasion des
profanateurs de sépultures,* qu'elle avait vu avec Sam
au lotissement — partir si loin en si nombreuse
compagnie oriente l'imagerie interne d'Edmée
vers des zones peu riantes. Au moins avec cette
météo on va pouvoir ouvrir les hublots et aérer
un peu, merde. Ils ont sans doute, en bas, les yeux
rivés sur ses mollets, mais : là-devant. Quelque
chose sur le *pack* bouge différemment. Ce n'est
pas un bloc de glace, c'est organique : reconnaissance du vivant par le vivant. Un phoque.

Le bateau se rapproche. C'est un phoque qui
semble dormir, sa cage thoracique se soulève,
s'abaisse. Un point vivant, un point chaud qui respire. Où est la tête où est la queue pour l'instant
on ne sait pas. La plaque de glace sur laquelle il

est vautré se soulève et s'abaisse aussi, indifférente. Aveuglante de soleil, avec cette créature au milieu. Edmée demanderait bien les jumelles mais elle n'ose pas se faire remarquer davantage, elle est quand même en chemise de nuit. Il agite sa main au-dessus de lui, enfin : sa patte. *Bonjour bonjour.* Ou bien : *hé, je suis là, regardez devant vous !* On se rapproche. Droit sur le phoque. « *Un pétrel !* » crie quelqu'un. C'est un oiseau blanc qu'on rencontre près des côtes, il a traversé le champ de vision d'Edmée alors qu'elle regardait le phoque, on ne peut pas tout voir à la fois. « *Bientôt le continent* », énonce le commandant, christophe-colombesque. Le bateau se rapproche du phoque, Edmée Blanco s'agite. Est-ce que le commandant a bien vu l'animal ? Les signes qu'il lance ? La proue se soulève, grande masse de métal, *piaf !* s'abat et la glace craque, du phoque on ferait une crêpe vite fait. Edmée Blanco préférerait que cette expédition ne commence pas par un meurtre.

*

Devant les rêves de Pete Tomson nous sommes comme au cinéma, un cinéma moderne d'hologrammes. Sur un sol problématique se détachent des formes dressées, des concrétions de lave depuis longtemps solidifiées. La mère de Peter, un burin à la main, fait sonner les formes comme des cloches, *dong*. Elle saute les crevasses, disparaît par moments, fait sonner le fond des failles, *bang*. Elle réapparaît, d'un bond elle sait franchir les torrents de lave, et les geysers d'eau bouillante

surgissant des glaciers ne l'atteignent pas, *pfût*.
Un cahot de l'avion — si les avions cahotent —
un droite-gauche des ailes un peu brutal bascule
à nouveau Pete Tomson sur Queen Mum. Quoi ?
Claudio Brindisi, qui s'ennuie, fait circuler des
photos de sa femme. Peter comprend, mais un peu
tard, que le principe est celui d'un effeuillage :
Madame Brindisi en peignoir ; Madame Brindisi
en nuisette ; Madame Brindisi dans une sorte de
— short en dentelles ? Avant de voir la suite Peter
fait mine de se rendormir. Si l'on s'attache à
écouter le moteur de l'avion, celui-ci fait entendre une séquence sans cesse reprise, une note
aiguë suivie d'une pause grave, un *tâââTAtâââTA*
agréablement régulier.

 « *Ce qui a perdu Scott, c'étaient les poneys, des poneys par – 40° ! Amundsen a gagné grâce aux chiens.* »
Jan Perse s'exprime comme tout le monde en anglais international, sa nationalité reste indécise
mais Pete Tomson penche pour la Norvège. « *Scott
était un sale con* » (Peter, participant soudain à la
conversation). La plaie saignante au cœur de
l'Angleterre se rouvre dans celui de Queen Mum,
il prend son souffle pour protester — « *Amundsen
aussi* », poursuit Peter en refermant les yeux.
(Scott et Amundsen, assis sur leur cul spectral et
conjointement offensés. Poneys bouffés par Scott,
hennissant de rire et vengés. Et les chiens, grat-
tant leurs puces de limbes, sans plus.)
 Le rire de Queen Mum grelotte, Jan Perse
parle fort. Les cuisses rouges de Madame Brindisi
déambulent dans les circuits neuronaux de Peter,
il essaie de les évacuer. Une image fait *pop* entre

deux chairs parasites : une géométrie d'ombres ;
quelque chose est là, à portée de main, à lui, qu'il
reconnaît ; mais qui ne prend pas forme. Un bout
de rêve. Du fond de l'océan, une bulle, se bom-
bant brièvement à la surface et explosant : son
contenu se dissout, brève irisation… Ça lui appartient, ça lui dit quelque chose. Il sait que s'il
retrouvait — ne serait-ce qu'une couleur, un relief, un mot, un tout petit coin de l'image — le
film s'enclencherait et le rêve se laisserait dévider
comme une pelote. Mais c'est beaucoup d'efforts,
et Pete Tomson se laisse glisser ailleurs.

*

On s'habituait à ce nouveau rythme marin : le
saut sur la marche de glace ; le craquement ; puis
la chute. Allongée sur sa bannette Edmée Blanco
se laissait bercer par les élans et les ruptures, et ce
moment d'absence : *chchch*… où la proue du bateau glissait dans l'épaisseur de glace. On pouvait
compter : 1, 2, 3, on était en suspens pendant
trois secondes environ, un crocodile, deux crocodiles, trois crocodiles — la petite Higgins lui avait
appris à compter ainsi, en unités de temps-croco-
dile ; malgré la distance elle pouvait donc réuti-
liser ce savoir ici, le savoir des enfants Higgins, le
savoir du lotissement, de la fontaine et de la balançoire — bref : ce moment d'absence — l'en-
foncement dans la glace — n'avait rien à voir avec
le gouffre de la houle. Aucun mal de mer, mais
on pouvait sans doute rester intoxiqué, bercé à
mort, ne plus pouvoir descendre du bateau…

Nous, les fantômes, nous nous amusons comme au manège. Douces montagnes russes, train fantôme… Les lignes qui se croisent devant les yeux d'Edmée… Le temps qui passe avec une grande facilité, hop, crac, *chchch*… Il y a une petite bibliothèque, à bord : *La Faim, Moby Dick, Le soleil se lève aussi* ; les journaux de Scott, d'Amundsen, de Shackleton ; tout le théâtre d'Ibsen ; une collection de *National Geographic* hors d'âge et, curieusement, un livre pour enfants, en français, qui s'intitule *Mon petit doigt m'a dit*. Le récit fonctionne sur le principe de la mise au jour des secrets. À chaque page, le petit doigt souffle à l'oreille de l'enfant ce que lui cachent sa sœur, ses parents ou sa nounou. Et un dessin agrémenté d'éclairs illustre ces révélations. Qui a oublié ce livre ici ? Labyrinthe des soutes, passager clandestin — un enfant enfermé, *clong !* dans un container ? Et elle seule détiendrait l'indice de sa présence à bord ? Edmée Blanco chasse les mouches des fantasmes. Se frotte le nez comme quand elle était enfant. Au moins il n'y aura pas d'insectes. C'est ce qui l'a décidée, au bout du compte. Déjà que les araignées du Texas, merci, et les énormes blattes qui survivent aux pulvérisations en zonzonnant comme des toupies… Entre les deux petites annonces, l'installation d'une antenne satellite au cœur de la Guyane et un simple contrat de standardiste en Antarctique, bien au-dessous de ses compétences, elle a choisi le Pôle parce qu'il n'y a pas d'insectes. En Amazonie ces machins-là sont monstrueux. Et hop, et crac, et *bzzzzz*… + 40° d'un côté, − 40° de l'autre : pas de

risque qu'une seule mouche survive. On appelle
ça l'été austral. Pour Mars c'était déjà trop tard,
après les souris les chiens les singes et les clones,
les équipes humaines sont constituées depuis
longtemps et de toute façon elle n'a pas les diplômes. Tout le temps des entretiens grinçait dans sa
tête le pneu-balançoire sur le terrain de jeu de
Douglastown. À quoi ça ressemblait, l'Antarctique ? L'AN-TAR-CTI-QUE. L'Arctique c'est au
Nord, juste une énorme banquise ; alors que
l'Antarctique a un socle de rocher. L'été, y avait-il
des prairies ? Des oiseaux migrateurs ? Des troupeaux, un genre de bisons ? Comme en Alaska.
Des igloos. Mais le tout bien froid quand même,
bien propre, réfrigéré.

Nous, les fantômes, cramponnés à Edmée, nous
nous amusons comme au manège. Et hop et crac
et *ziiii !* Sautant de fil en fil, les araignées swingan-
tes de ses pensées ! — Accoudés au bastingage, et
hop et crac et *chchchch…* avec la même curiosité
nous assistons au gel des haubans. Les dentelles
de gel, comme elles se brodent vite ! Puis les
gangues de gel, puis les stalac-tites-tombent-mites-
montent du gel, sur tous les instruments de
bord ! — Par transparence on devine les écou-
tilles, les taquets, les garde-corps — dans une
gangue, le bateau enrobé *going turtle* ! Comme un
os dans une chair devenue translucide, ça nous
plaît, à nous ! Le continent se rapprochant, la
température chutant, l'air immobile et glacé de
plus en plus palpable sur la peau humaine… Et
nous, accrochés au bastingage, et hop et crac et
chchch, comme des chauves-souris, suspendus tête

en bas… dans le sifflement du gel qui prend…
Puisqu'à notre guise nous pouvons nous passer le
film en accéléré, en avant en arrière, au ralenti, le
film de l'approche, le film du gel, le film du
temps qui prend ici comme le gel. Dans le sifflement de l'eau prise aux haubans, plus audible
pour nous que le rythme brise-glace perçu par les
vivants. Nous pouvons nous laisser bercer à cette
cadence du gel : s'imaginer ce pouvoir-là de faire
blanchir les haubans.

*

La centrale est un bloc rouge haut comme un
homme et bâti comme un coffre-fort. Dépasse le
bouton *on/off*, en plastique noir, et l'écran de
contrôle où la petite aiguille, *zou*, doit bondir
sous peu si tout se passe bien. Plus bas un autre
écran, pour la pression. Bon. Et un thermomètre
extérieur : – 42° dans le petit abri. La marque est
bien connue, *Caterpillar*, un logo sur l'émail rouge.
Ils font de tout, chez Caterpillar. Pete Tomson
ôte ses moufles et s'extirpe du haut de sa combinaison, en manches de pull et gants laine-et-soie.
Face à la centrale. Il a une demi-heure, donc, et
déjà une minute de passée. Du calme. Haletant,
pouls rapide — l'altitude. Les autres patientent
dans l'avion : aucune aide ne viendra de ce côté-
là. Respirer deux fois par une narine, deux fois
par l'autre. Respiration basse, ventrale. Retrouver
son centre. Bon. *Tap tap tap tap* de l'avion, silence
de mort sous l'abri : on s'entend respirer. Dans
cette petite pièce appelée la Chaufferie. Claudio

lui a ouvert le cadenas avant de remonter dans l'avion. (Qui pourrait bien faire effraction, ici ?) Des graffitis sur l'émail rouge. Illisibles, à cause du gel qui a fait sauter les écailles autour des inscriptions, comme des griffures. Bon. Si la transpiration perce jusqu'au pull, ça va puer pour le restant du séjour. Horribles sous-vêtements thermiques. Est-ce qu'il y a une laverie, ici ? Qui dit laver dit eau. Qui dit eau dit neige fondue. Qui dit neige fondue dit chaudière. Bon.

Dévisser les quatre points et déposer le capot. Intérieur galvanisé, le froid perce les gants de soie, remettre au moins une moufle. Quand j'y pense on a des gants intermédiaires, comme des gants de jardin, où j'ai mis ça. La manivelle, et *han*. Rien. Faux contact. Cinq minutes déjà passées. Le démarreur. Le gel a dû. Les deux fils : le rouge, le noir. Bon. Refaire le branchement… Rien. Doit être plus profond, plus profond dans la bête. Sous l'arceau qui traverse derrière les circuits électriques. Vétérinaire. Jamais vu autant de branchements. Qu'est-ce que c'est que ce truc ? Ils ont fabriqué ça chez Caterpillar ? Avec des tuyaux bleus autour des résistances, là, qui s'enroulent ?… En paquets ? Et ces espèces de, de pontages à trois bandes, jamais vu un truc pareil, ça a dû être bricolé par mon prédécesseur. Pour augmenter la surface de contact. Avec du scotch aluminium. C'était un fou de scotch aluminium. Un bazar pareil… A triplé, quadruplé les circuits. Pas de la belle ouvrage, mais signée en quelque sorte, personnalisée. Devait vraiment avoir peur que les tuyaux pètent. — En les retirant tous, les

tubes, les vis, les plaques, les dominos, les hélicoï-
des et les bouquets de fils, si je prenais le temps…
de réarranger… je risque de tomber sur du vide.
Le fuel. Déjà onze minutes. Là c'est la cuve à eau.
Donc ça c'est le réservoir. Bouchon coincé à
mort. Même avec une clef. Taper dessus, *clang*,
clang. Le gel. Si le fuel a gelé (– 42°, impossible ?)
(mais si la paraffine a cristallisé quand même) —
carburateur bouché ? — à deux peut-être on y ar-
riverait. Mais appeler à l'aide, pas l'impression
que ce soit le genre de la maison. Scott. Amundsen. *Zip*, ça y est, se dévisse. A serré ça comme un
malade. Quasi plein. Le fuel paraît fluide. Quatorze minutes et trente-sept secondes. J'ai l'impression qu'ils sont descendus de l'avion. Tapent
du pied comme un troupeau. Qu'est-ce que c'est
que ce bruit ? Comme des voix. Tapent du pied,
troupeau fumant dans le froid comme les petits
chevaux islandais. Mère patrie, mon cul. Seize minutes. Respiration ventrale, une… deux… Je vais
essayer de prendre le temps de… de siphonner
le réservoir. Ôter la moindre paillette. Si la paraffine a cristallisé : ça bouche, forcément. Bien
essuyer les parois du réservoir. Après l'avoir dé-
monté. Et je filtre le fuel. Voilà, je vais faire ça.
Des dizaines de bidons entreposés ici. S'ils ont
fonctionné avec cette bibine-là l'année dernière,
on peut imaginer qu'il est suffisamment raffiné,
le fuel, non ? Mais le froid de l'hiver. Est-ce que la
paraffine reste en suspension même après ré-
chauffement ? Me suis jamais posé ces questions-
là. Qu'est-ce qu'ils croient, qu'il fait – 80°, en Islande ? Et les autres à bavarder dehors. Vas-y,

avance. Vingt-deux minutes. *Tap tap tap* de l'avion, de plus en plus lointain, comme si la mer montait… Je filtre… Je transvase… Putain, vingt-six minutes. Fil. Démarreur. Rien ! À grands coups de pied — *BANG BANG* ! Prendront ça pour une illusion auditive, les autres, dehors. Due au froid, comme les illusions d'optique ! Et les accélérations de l'espace-temps — vingt-sept minutes ! Ils ont bien fait de laisser tourner le moteur, on va repartir dans trois minutes, abandon du Projet White

RrRrRrRrRrRrRrRrRrRrRrRrRrRrRrRrRrRrRrRr

Sursaut massif de la mécanique, la centrale s'ébroue, cheval dételé de l'hiver

GgnGgnGgnGgnGgnGgnGgnGgnGgn : c'est à peu près ce qui s'entend depuis les autres bâtiments ; auquel s'additionnera, dès que l'eau se mettra à circuler, un universel glouglou.

À vingt mètres de là, cependant, le silence inchangé : nous, les fantômes, pouvons en témoigner. Parmi nous sourit un pionnier, peut-être, penché sur l'épaule de Peter ; ou l'inventeur de la chaudière, ou le fou de scotch aluminium : un concerné quelconque suivant ses disponibilités, un maillon de la chaîne, un précipité, une ombre. De brefs moments de densité dans notre agglomérat font aléatoirement sonner un rire. Il nous en faut très peu pour être retenus ; dans cette zone, il nous en faut très peu. Vacillants mais perpétuels. Solides comme la glace. Dans le blanc perpétuel, où rien ne se passe, Projet White hors de vue. Dans le blanc à notre mesure. Plusieurs mythologies nous localisent ici. Nous sommes parfois les morts, ceux qui remuent encore. Surtout, nous esquivons les recensements. Nous pouvons dériver, bien sûr, à la surface de la planète, tel un phénomène atmosphérique, *niño* ou *niña* ; mais si la Terre nous retient, l'Antarctique est notre… comment dire ? Port d'attache ? Laissons ça aux marins. Territoire ? Aux animaux, phoques, baleines et manchots empereurs. Domaine ? Aux paysagistes. Notre empire, notre royaume ? À d'autres encore. Notre pays ? Laissez-nous rire. Le marécage est pour le feu follet, la lave pour le troll, la forêt pour l'elfe : le pôle Sud est notre forme, comme la mer pour le mélancolique, la chaise longue pour le tuberculeux, la pièce vide pour l'amnésique. Et si la précision était compatible avec notre nature, nous dirions ceci : que l'Antarctique est notre équivalent géographique. Nous poserions cette équation : que l'Antarctique est à la Géographie ce que nos corps sont à l'Histoire. Et nous ajouterions que pour cette *saison* (comme on dit) nous serions certainement amenés à flotter autour du Projet White, peut-être plus qu'à l'ordinaire.

*

Ses rythmes, son maintien, ses humeurs : Pete Tomson passe le reste de la journée à ausculter la centrale. Glissons sur le mot journée, quand le soleil ne se couche pas. Ce qui est indubitable, c'est que pendant ce temps, hop, crac, *chchch*, Edmée Blanco brise la glace et s'avance vers Pete Tomson. Elle s'avance petit à petit, un peu plus vite que les phoques, *humpf*, sur leurs nageoires avant, un peu moins vite que les manchots sur leurs pattes palmées, *clac clac clac*. Bien sûr Edmée Blanco ne le sait pas, que c'est vers Peter Tomson qu'elle progresse. Pas plus que lui ne le sait, de son côté. Nous seuls devançons les événements, nous seuls sommes capables — si cela nous est acquis — de prévoir nos postes d'observation en fonction de leur point de contact. Et silencieusement nous les encourageons (bien sûr le bateau avançait, bien sûr sa trajectoire était fixée, bien sûr la glace se brisait, bien sûr les petites annonces avaient été écrites et lues sans nous et sans nous se construisaient les bases et les projets ; mais la peur des insectes, l'attraction du vide, le goût de la fuite, l'ennui, les maladresses, les hantises et les phobies, et les désirs, les vertiges, les drames, et les trésors qui à la longue s'accumulent ou se défont, nous pouvions espérer les prendre à notre compte. Nous en mêler avec la candeur brute de ce qui ne pense pas, comme le sel d'autorité se mêle à la mer).

Pour modifier la trajectoire des astéroïdes qui menacent la Terre, les humains n'envoient pas une roquette pour les détruire, car elle créerait des millions de petits projectiles incontrôlables. Non : par petites touches, billard cosmique, les humains impactent le bolide et dévient peu à peu sa course. Ainsi nous procédons, par tâtonnements. Deux souvenirs d'enfance font, devant la chaudière, entendre un craquement dans la mémoire glaciaire de Peter Tomson : les récurrents petits chevaux, et cette école surchauffée, plus vitres que bois, pleine d'enfants blonds et incompréhensibles. Le soleil flambe à travers les vitres, tout est jaune, et ces incompréhensibles enfants blonds forment un cercle autour de lui. Ils sont reliés au niveau du torse par un seul pull siamois : un jacquard islandais tricoté en rond sur une poitrine cacophonique. — Pour les chevaux, c'est différent. Le sol sous leur patte est mauve et orange. Le petit Pete Tomson, qui n'a pas échappé au pull national, leur tend précautionneusement du pain (ou des carottes) : les mufles sont humides, grandes dents mais lèvres délicates. Les têtes (épaisses crinières, petits yeux intenses) sont à la hauteur de la sienne. Quand ils se sont approchés de lui, ils n'ont ni marché ni trotté ni galopé : ils sont venus de cette quatrième allure qui les a rendus équestrement célèbres. Dissociant naturellement leurs pattes, à l'instar des bipèdes, mais comme si une cinquième patte leur avait poussé. Bref. Peter Tomson aime à penser que c'est là son tout premier souvenir : ces petits chevaux, ces carottes ou ce bout de pain qu'il tend à plat de paume comme on lui a dit de faire — qui ? — ; il les offre avec une appréhension délicieuse, mufles doux et humides (grandes dents cachées derrière). Cette offre acceptée, ce moment de paix entre humain et animal, entre mufle tendu et main ouverte, cette absence de piège — oui,

Peter aime à penser que c'est là son premier souvenir.

Six ans, c'est tard pour un premier souvenir, mais ce sont des choses qui arrivent. (Il y a peut-être quelque chose de vert, aussi, il y a très longtemps, avant l'Islande ; mais le souvenir est diffus.) À ce moment-là de sa vie (l'arrivée en Islande, l'école, les chevaux) Peter Tomson est complètement muet ; jusque dans sa tête. Les mots « carotte », « pain » et « cheval » arrivent plus tard, en islandais ça va de soi. Un des tout premiers mots c'est : « l'Indien ». Pete Tomson ne ressemble pas à un Islandais. La salle de classe dévastée de soleil blond l'entoure d'un seul pull tricoté main et l'appelle : « l'Indien ». Plus tard, à Reykjavik, une fille avec qui il couche lui affirme que si le merveilleux melting-pot mondial se poursuit, l'homme de demain lui ressemblera, à lui, Peter Tomson. Une folle. Une îlienne génétiquement pure et tricotée main. Tous à se pendre aux branches de leurs arbres généalogiques, à boire de l'aquavit dans des crânes à l'époque où ses ancêtres à lui — bref. Petits chevaux génétiquement purs, marchant de leur allure unique au monde. Fumant dans le froid sur ces paysages de soufre et de mousse. Très vite ses camarades de classe l'appellent aussi le Fou, ou le Taré, ou le Mongol, parce qu'il ne comprend rien ou parce qu'il a cet air *oriental*. Il ne sait pas.

Un *caddie*, un chariot plein de clubs de golf de différentes tailles, traîné par un petit garçon du même nom, vêtu d'un short et d'une paire de tongs sur deux jambes en cannes de golf. Et une prairie à l'infini, rigoureusement verte. Évidemment ça ne pouvait pas se passer en Islande. Il n'y a presque pas d'herbe en Islande, par voie de conséquence il n'y a pas de golf ; et quand on y fait trimer les enfants, c'est pour des travaux d'intérêt collectif. Par ailleurs — s'il s'agit bien là d'un souvenir de Pete Tomson — l'angle de vue est étonnamment bas, passant tout juste au-dessus du *caddie* — du chariot — mais laissant vers le haut le petit garçon maigre. Il y a une ombre rouge dans cette hauteur ; au-dessus de sa tête, de sa tête à lui, Peter — s'il s'agit bien de lui ; s'il est bien concevable qu'il s'agisse de lui, de son corps à lui, de son petit corps swinguant au-dessus de balles de golf, de ses petites mains serrées sur des cannes de golf. Une ombrelle, mais tenue par qui ? Par un autre *caddie* ? Il fait chaud, il fait bon

on pourrait rester confortablement dans l'image et profiter de ce calme, de cette énigme, de cette domesticité. Mais Peter Tomson a fini d'ausculter la centrale et frotte ses gants graisseux l'un contre l'autre. La chaleur commence à monter. Le froid a été tel, ici, que l'énergie qui sourd fait une vibration visible, une distorsion douce de l'espace. Les autres ouvrent des portes, raclent leurs bottes et parlent fort. L'avion fait ronfler son moteur pour repartir, à vide, et la neige craque sous ses patins. Peter Tomson déplie ses jambes engourdies. Il a envie d'un café, ça doit bien se trouver quelque part.

*

Edmée Blanco, au même moment, débarque sur la côte. C'est le matin depuis plusieurs jours, une aube qui s'étire, d'un jaune clair, orangé sur la mer, rose sur les visages. Le ciel dilue ses filaments dans la glace et sur la peau. Les bandes fluorescentes des combinaisons sont en feu, les lettres WHITE PROJECT vibrent sur les dos. Sur la neige omniprésente, les longues ombres d'Edmée et du Lutin sont rayées de rouge : réflecteurs aux genoux, aux coudes, aux épaules. Leurs bonnets d'ombre aussi réfléchissent le soleil, deux petits gyrophares pivotant, découvrant, commentant : ne manque que le pin-pon. Quelques baraquements qui datent de l'époque glorieuse, et un village de containers aménagés, voilà, il vont passer la « nuit » ici, et demain si tout va bien, rejoindre la base White à bord du petit avion qui fait la navette. Des grues sur roulettes déchargent le bateau : mini agitation portuaire. Mais ce qui enchante Edmée, ce sont les pingouins — *les manchots*, précise le Lutin. Le va-et-vient des humains au travail fait une lente partie de tennis suivie par les becs, droite... gauche... Les manchots sont terriblement humanoïdes. Il faut les voir prendre ensemble leurs décisions, hésiter d'un pied sur l'autre, se consulter, sérieux, avec leurs petits bras outrés ; jusqu'à ce que le premier de la file se décide, et que les autres — poussez pas ! — le suivent à l'eau. Quand les petits naissent, ils se tiennent sur les pattes parentales, isolés du froid. Quel père, quelle mère, n'a pas un jour fait marcher son enfant sur ses pieds, pas à pas, double bipède ? Un des parents pêche, l'autre couve, à tour de rôle. Le parent pêcheur vomit son poisson dans le bec du conjoint et celui des petits. Edmée en a les larmes aux yeux. En cas de tragédie — orque, tempête, perdition — le veuf (la veuve) se laisse mourir debout plutôt que d'abandonner les petits. Ne vaudrait-il mieux pas s'absenter cinq minutes et tenter de pêcher dans les parages ? Mais — sera-t-il répondu à Edmée — si les manchots ont un cerveau il faut l'imaginer global, partagé entre les dix mille têtes de piaf de la colonie.

Bref, le Lutin fait sonner son grelot et explique à Edmée la vie des manchots ; et Edmée rit, ravie. Son gobelet de thé fume entre ses mains, il fait bon sur la côte antarctique, parmi les animaux ; elle tend son visage au soleil, heureuse d'être là, Edmée, elle imite les manchots et se déhanche en riant. Nous, les fantômes, l'entourons, l'enlaçons, et si nous le pouvions, nous la caresserions. Mais elle pense à Samuel : et Samuel apparaît parmi nous. Samuel dans la cuisine, Samuel à la piscine, et même Samuel nu, très proche d'Edmée et flou. Nous avons toutes les peines du monde à évacuer ce drôle et à ramener Edmée ici, où nous prenons naissance. C'est d'où elle pose ses pieds que nous pouvons, peut-être, la faire glisser ailleurs, car la dérive des continents mentaux est notre affaire. Heureusement il y a la mer australe, et le soleil rasant, et le Lutin éventuellement ; et s'il le faut, croisant au large, le jet irrésistible de la baleine.

Le long chenal noir ouvert par le bateau se grise déjà, repris par le gel ; et ce que nous pouvons attraper de souvenirs d'Edmée glisse et se grise aussi, tiendrait sur les pigments de quelques vieilles photos. Dans la lumière massive du jardin d'hiver, elle joue aux Lego. La photo est radicalement décalée sur la gauche, et Edmée se voit ainsi : au bord du cadre, avec tout l'espace à côté d'elle. C'était sa mère qui prenait les photos. Avait-elle un strabisme, ou quelque malfaçon neurologique ? L'album montre des meubles, des chambres, des fonds de pièce, des armoires entières, parfois des arbres ; et à peu près une moitié d'Edmée Blanco. Avec un peu de chance : jusqu'aux racines de la deuxième couette, cou entier, épaule presque complète. Dans les steppes photographiques saisies par la maman d'Edmée, les années quatre-vingt-dix à Bordeaux, anecdotiques : un ordinateur *iMac* turquoise et translucide ; des rideaux de lin anthracite ; une télévision 16/9 ; des rayonnages de cassettes vidéo ; mais surtout, du vide, du vide flou si une telle chose est possible à photographier.

Nous, les fantômes, nous savons que seul le flou rend le vide perceptible. Car si l'on fait abstraction des bouts de meuble, dont on n'a que faire, et, momentanément, d'Edmée Blanco : on voit le vide, c'est-à-dire : les molécules du vide, les volutes que le vide tresse avec la poussière, les ronds de lumière alignés, les arcs-en-ciel quand le fond est en couleurs, et globalement une sorte de poudre ou de brume qui flotte autour ou plutôt à côté d'Edmée. Comme si sa mère avait voulu saisir quelque chose d'autre qu'Edmée ; quelque chose de plus grand, ou de plus large, ou de plus insaisissable ou de plus mystérieux ; ou quelque chose d'immuable ; en tout cas, quelque chose de pas là. Edmée à gauche, jouant aux Lego dans le jardin d'hiver. Edmée à gauche, souriant d'une moitié d'appareil dentaire. Edmée à gauche, soufflant les cinq bougies de son dixième anniversaire. Edmée à gauche, sur une sorte d'aile de soucoupe volante, et un manège entier, avions, motos, traîneaux, chevaux.

La maison autour d'Edmée est gigantesque. Il n'existe pas de photo de cette maison en entier. Seulement les bouts que l'on vient d'évoquer. Le jardin d'hiver est sa pièce préférée. Un bocal de lumière, meublé de kilims sur un plancher en teck. Le jardin, le vrai jardin, s'étend devant, entre deux murs couverts de lierre. Edmée a le droit de bâtir sur toute la surface du plancher, kilims compris. C'est une sorte de pacte de non-agression entre sa mère et elle, ça évite qu'il y ait des Lego partout ailleurs dans la maison. Sa mère s'occupe de la maison, et son père est médecin ; anesthésiste, plus précisément. Ce n'est que plusieurs années après qu'Edmée, dans un moment de rêverie, s'intéressera à la précision, mettra bout à bout des phrases entendues, et comprendra le pourquoi de leur départ à cette époque : une histoire brouillardeuse, un patient endormi à mort. Bref, à Vancouver il n'y a plus de photos parce que sa mère est restée à Bordeaux avec, entre autres, l'appareil, la télé, et l'iMac. Mais les souvenirs reprennent, limpides, bien enchaînés : le club de basket-ball, Cyndi et Firouzeh, le concert de Liz Phair au *Snowbowl*, et Samuel, et le voyage aux chutes du Niagara, et les diplômes à l'Université. Sur un plan plus strictement familial, le grand-père d'Edmée est encore de ce monde, dans une maison de repos semble-t-il, et ce serait pour s'en occuper que sa mère reste à Bordeaux. Vers le mitan des années soixante la grand-mère d'Edmée a noyé ses enfants comme des petits chats avant de se trancher les veines, et la mère d'Edmée n'en a réchappé que parce qu'elle était la plus jeune, en nourrice. À quoi tient, de fil en aiguille, la vie d'Edmée, voilà qui nous séduit, nous les fantômes, bien que selon sa mère ce ne soient pas ses oignons.

Nous, les fantômes, aimons particulièrement la maison de Bordeaux, et Edmée qui joue dedans. Les Lego de plastique rouge, jaune, blanc et noir, avec leurs plaques vertes où fixer les fondations, les charnières pour les petites portes, et les biseaux pour fermer les toits. Et l'espace ouvert tout autour, par-delà les vitres et les murs : le ciel, les saisons. S'il y a bien une chose qu'Edmée déteste, c'est de devoir descendre à la cave pour chercher du vin : méthodes éducatives de son père pour l'aguerrir. L'interrupteur est très loin de la porte. Elle n'aime pas non plus rejoindre sa chambre au dernier étage : il faut passer devant le salon de musique. Il n'y a pas trace d'instruments, mais des visages de faunes dans la pénombre. À Vancouver, il n'y aura ni cave ni salon de musique, et son père semble revenu de ses méthodes éducatives. Elle se souvient du repas dans l'avion, des aliments cubiques parfaitement encastrés dans leur petit plateau, et de la gentillesse des hôtesses. Bref, ce qui nous retient, nous les fantômes, est cette évidence : au moment où la petite Edmée, en direction de Vancouver, survole l'Islande, elle ignore tout des angoisses linguistiques et des émois équestres de Peter Tomson, dix mille mètres plus bas. Pourtant il s'agit bien du Peter qu'elle rencontrera dans vingt ans, et au cœur d'un continent dont elle ne sait pour l'heure qu'une chose : c'est la tache blanche percée par une tige, à la base du globe lumineux qu'elle a été obligée de laisser à Bordeaux, parce qu'il était trop encombrant pour entrer dans la malle. Voilà.

De ces années-là, entre eux, très peu de repères communs : la Chute du Mur de Berlin, prime enfance ; un film du commandant Cousteau sur le sommeil des requins ; et une éclipse totale de soleil. Le film du commandant Cousteau, pour anodin qu'il paraisse, est le souvenir le plus stable. Peter en conserve l'image d'une grotte emplie d'obus de peau grise ; et Edmée l'idée que pour la première fois, on savait où dormaient les requins, non entre deux eaux — idée reçue — mais à l'abri d'un nid. Pour la Chute du Mur, Edmée retient l'image télévisée de jeunes gens en liesse et à califourchon ; et Peter, celle d'un Chinois debout devant un tank. Des années après, il sait bien qu'il confond, mais c'est cette image-là qui s'obstine. Quant à l'éclipse, elle était partielle pour Peter, et complète pour Edmée, car ils n'habitaient pas sous la même latitude.

Quand Edmée écoute patiemment son père lui donner, un soir à Vancouver, les informations de base sur la reproduction mammifère, elle ignore qu'au même moment, le seul petit garçon à cheveux crépus de toute la côte Nord de l'Islande découvre qu'au son du sifflet, la bite des chevaux grandit. Rares, hélas, sont ces coïncidences, dont nous aurions aimé ronger les jolis os. En général, quand Edmée bâille derrière le bureau ergonomique de son école canadienne bilingue, Peter dort dans son petit lit — décalage horaire. Quand Peter, suant d'angoisse, cherche à mémoriser ce qui tombe de la bouche de l'institutrice blonde, Edmée, en avance sur son temps, zappe paisiblement sur les 54 chaînes de sa télé nord-américaine déjà dotée du câble. Et quand Edmée épouse son Samuel un beau matin de printemps chic à Vancouver, Peter Tomson, enfin islandisé, parvient à décrypter les mots, sinon les intentions, d'une entreprenante étudiante blonde.

Nous ne nous lassons pas de cette évidence, nous, les fantômes : avant de se connaître, Peter et Edmée ne se connaissent pas. « *Un quart d'heure avant sa mort il était toujours vivant* » : c'est tout nous, ça, les fantômes. À un quart d'heure de leur rencontre, alors qu'Edmée Blanco dans le *twin-otter* admire à l'infini la neige vierge, alors que Pete Tomson enfin au calme dans la salle vidéo regarde (pour la seconde fois déjà) le seul film qu'il a jugé digne de lui entre les *blockbusters* et les pornos, bref, pendant que leurs trajectoires convergent ils ne savent rien de cette imminence. Lorsque poussé par l'ennui comme tout le monde, Peter finit par sortir à la rencontre des arrivants *(tap tap tap* fait l'avion dans le ciel), Edmée frigorifiée compte mentalement ses orteils et se demande ce qui l'attend : mais ni plus ni moins, et peut-être même moins, que d'ordinaire ceux qui atterrissent ici.

Voilà qui nous enchante, nous, les fantômes. Une telle candeur quant aux courbes du temps.

*

II

C'est une seule longue journée : avec une aube, une aurore : un soleil qui pointe… effectue son cercle… replonge légèrement… se lève un peu plus haut, à chaque tour un peu plus haut… sur une bonne cinquantaine de journées humaines, roses et orange.

Puis il reste accroché : Nord, Est, Sud et Ouest, autour de la calotte blanche. Le ciel est jaune pâle, diffus, bleu dans la hauteur. Ça dure une centaine de journées humaines. Puis la courbe se creusera, à chaque tour plus sinusoïdale, le soleil finira par toucher, par s'enfoncer, par disparaître, et ce sera le crépuscule.

Ensuite, la nuit pour plusieurs mois, pendant qu'il fait jour au pôle Nord. C'est comme ça que ça marche, sur cette planète.

*

Nous nous attardons, nous aimons à prendre et à distendre notre temps. À nous rassembler ici, dans ce moment étale. Refaire nos forces problématiques, rameuter nos corps diffus. Détendre ce que nous appelons nos yeux, exercer nos sens amoindris.

Cinq créatures des grandes profondeurs s'extirpent, en tout, du *twin-otter*. Énormes pieds palmés, combinaison massive, cylindres debout avec deux moignons et une petite tête ébahie. Les hélices de l'avion soulèvent de la poudre de glace, et une longue mèche de cheveux franchit la barrière d'une cagoule. À cette mèche seulement on devine qu'Edmée est la femme. Elle pourrait être un homme de taille moyenne, mais tous, y compris Peter, la repèrent et cherchent ses formes sous la combinaison du Projet White —

rien ici ne les accueille. Rien ici ne veut d'eux. La glace tourbillonne, le blanc gagne. Edmée est arrivée. Nous nous éloignons sur quelques mètres humains : plus rien. Dans cet état qui est le nôtre. Nous nous fondons dans le blanc, si quelque chose ressemble à une fonte dans le vide, si quelque chose est à nourrir, à abreuver en lui, en nous. Dans ce moment du temps marginal, où l'avion s'est posé, où le soleil est suspendu à quelques degrés du zénith, où ce qui sert de nuit n'est plus qu'un infléchissement infime de la lumière : gaze en écran, pas un nuage. Pas un souffle, pas un événement. Se projeter au Nord, au Sud, à l'Est, à l'Ouest : rien. Le temps s'enroule. L'espace se perd. Sinusoïdale soleil. Beau fixe, la boucle monte, tournoie —

lumière magnifique, pour eux. Rayons jetés à ras, un jaune de vitrail, nef blanche, coupole du ciel, ombre croisée de l'avion. Et la musique des sphères, *tzim, boum,* pendant qu'ils s'avancent, ombres longues, neige soulevée. La bouteille de champagne dans les mains de Queen Mum — *clac !* — se fend d'un coup dans le sens de la longueur. Bienvenue ! Welcome ! Congélation ! On se serre la moufle. Le Lutin y va de la plaisanterie habituelle sur le contrat que Queen Mum n'aurait pas lu, se croyait embauché dans un endroit normal. Edmée trépigne, froid aux pieds, elle salue — *avec eux que je vais passer six mois ?* — elle voudrait se doucher, boire chaud — suce un bout de champagne entre ses moufles — et Peter la regarde à travers ses lunettes bleu sombre du Projet White

dans la lumière chimique comme entre deux lamelles passent des filaments, des flammèches, des formes, dans les yeux d'Edmée dérivent des points et s'agglutinent des bâtonnets

éclats du soleil liquide

Edmée Blanco entre ses moufles suce son bout de champagne, l'air est très sec, cœur cogne, souffle coupé, c'est l'altitude on l'avait prévenue, et une drôle d'odeur dans l'air, et ce gros qui sourit avec ses deux moitiés de bouteille de champagne, et celui-là

Elle halète, c'est joli, pas encore habituée, ils halètent tous, les nouveaux venus, il espère qu'on l'a prévenue, l'altitude, filet d'air qui entre et sort, ses lèvres déjà sèches, déjà fendillées

(crème solaire du *Projet White,* lipstick du *Projet White*)

celui-là qui la regarde derrière ses lunettes bleu sombre et ne dit rien.

*

Nous avons croisé beaucoup de voyageurs avant
de faire escale dans ce moment : Cook, Weddell,
Scott, Amundsen, Shackleton, Dumont d'Urville.
Bien sûr. Mais ceux d'avant aussi, ceux qui
parlaient de Grande Terre, de Terra Incognita,
de Terra Australis. Et de vaisseaux fantômes, et de
tout le toutim. Un compagnon d'Amundsen,
mort du typhus, pleure sur le pont du *Belgica*. Un
homme de Scott glisse dans la mer glacée — son
cri, chaque nuit, pour les équipiers du *Terra Nova*.
Le dessous de la terre, la zone du pivot, la réu-
nion des courbes, le creuset des champs magnétiques, ici tout est possible : l'impression, le bruit,
la fatigue, les choses décongelées, les états d'âme,
les idées exagérées, la fin des mondes — conversations à voix basse, quand la salle de vie est
trouble de fumée. Toux et bâillements, odeur de
pieds et vapeurs de repas autour du dernier verre.
Les histoires du Finlandais, le chef de chantier,
huitième saison déjà — confit et boucané, les
yeux rouges, la peau bleue — et on nous appelle
des spectres ! — … Qu'on entend des pleurs de
bébé. Des cloches de troupeaux. Les drisses des
bateaux piégés par la glace, continuant leur route
dans des espaces indéfinis. Et les cohortes d'ombres, en silence, comme des peuples déracinés.
La trace de leurs pas quand on s'éloigne de la
base, de longues lignes inexplicables. Sous ce soleil perpétuel, cette fatigue perpétuelle. Conjonc-

tivite et effarement. Cristaux en suspension, reflets, hallucinations, mirages.

Laissons Edmée Blanco arriver sans évoquer déjà la vodka et les excès. L'ennui et les rêves flous. Les aspirations déçues, les songes. Et tout ce que les humains transportent ici, avec nous sur leur dos en barda. C'est ce blanc, aussi. L'horizon absent, soulevé du sol. Sol et ciel incertains. Eux-mêmes ne s'attardent pas là-dessus, rien sur les sujets qui fâchent, rien sur l'angoisse et le manque, sur l'éloignement et la folie, rien sur le trouble, le vide, l'envie de tuer et la peur de mourir, *in case of emergency* premier secours en Australie. En cas d'urgence briser la glace, ha ha ! Premiers interlocuteurs à part nous : à trois mille kilomètres, sur la côte ! Vous croyez que sur Mars ça papote claustrophobie ? Qu'on y rigole des échecs des premières missions ? Et des cauchemars qu'on fait dans les fusées, quand on parvient à fermer l'œil ? *Vast is the kingdom of dust.*

Le poids et la légèreté, nous avons oublié. Le souffle et l'asphyxie, comment était-ce ? Deux corps qui, au lieu de se traverser, s'arrêtent. Et pas ce bazar de limbes, pas ces halos s'interpénétrant, pas ces esprits frappeurs, ces flous ricanants ou cette ambiance de vestiaire, les blagues sur Queen Mum et le huis clos. Les autres, sur la base ? Histoires d'amour au loin — non qu'ils ne les transportent avec eux, mais ce sont les corps, qui nous intéressent. La résistance de la chair. Ce qui se passe, à ce moment-là. Pour commencer, la neige qui s'écrase sous les semelles. L'eau qui s'évapore soùs les couches de textile. La peau, les dents, les lèvres, les orteils, la masse. Les corps debout sur la Terre, qui tourne suffisamment vite pour les retenir, et suffisamment lentement pour ne pas les écraser. La paix alentour, et l'air qu'ils respirent, et des aliments pour des mois, et de la glace en quantité et une bonne centrale de marque américaine pour la fondre et les maintenir à 37°. Conditions réunies. Et nous à concentrer nos forces pour rester dans cette seconde, ni trop avant, ni trop après ; pour essayer de nous tenir là, de voir et d'attraper. Nous flottons. Nous cherchons l'équilibre. En suspens dans le temps.

Repli à l'intérieur des bâtiments — *là-dedans que je vais passer six mois ?* — Toiles et tôles (les passe-murailles parmi nous en soupirent). Dans cette seconde où ils se voient. Que Peter ait gardé ou pas ses lunettes. Que les particules de lumière qui transportent le regard d'Edmée aient ou non à traverser cette paroi de verre. Chaque photon décollant de l'enveloppe d'Edmée se jetant en ligne droite sur les rétines de Peter pour refaire, avec la mémoire propre à la lumière, son image à elle, Edmée. Et avec autant d'infaillibilité, ses nerfs optiques à elle inversant l'image, gauche-droite, et les lobes de son cerveau le remettant dans le bon sens, *zig zag*, voilà Peter.

Grands espaces ! Travail d'équipe ! Engagement personnel ! Esprit d'aventure ! Amundsen ! Paul-Émile Victor ! Le commandant Cousteau ! Le bonnet rouge du commandant Cousteau !
Edmée dans sa doudoune orange écoute le discours d'accueil, sous sa capuche où elle a ren-

70

fourné ses cheveux, le nez couvert de crème blanche — ne serait-ce qu'à ça : reconnaissable comme femme — aucun des autres humanoïdes présents ne s'est abaissé à s'enduire d'écran total

Elle va l'enlever, sa doudoune ? Elle n'a pas chaud, comme ça ?

Ils sont plusieurs à le penser mais Edmée paraît très concentrée

Il va les enlever, ses lunettes ? Qu'est-ce qu'il a, à garder ses lunettes à l'intérieur ?

Sur ce fil nous dansons, à notre gré, dans notre élément, l'entre-deux : l'isocentre de P. et E., ce point de contact-là : se voir. Une substance pensante, fugitive, au fil des deux regards. Nous dansons, une seconde, avant qu'Edmée ne se détourne, désireuse sans doute d'écouter le discours, et que Peter ne fasse de même, désireux — faut-il croire — d'écouter pour la deuxième fois le discours de Claudio, toujours le même, avec les précautions quant aux incinolettes, quant à l'usage ou pas de papier hygiénique, quant au Traité de l'Antarctique en matière de déchets, quant au rôle de chacun et à l'esprit d'équipe. Rompons les rangs.

*

Beaucoup d'émotion nous fatigue. Nous sommes peu mobiles, il en faut pour nous mouvoir. Contrairement aux idées reçues, il en faut pour nous mouvoir. Nous ne nous déplaçons pas pour rien. Nous, qui cadastrons les continents. Qui arpentons à plat des éternités de neige. Des pans d'espace sans emploi. La neige, en cristaux, le ciel, en suspension — nous, à absorber le temps. Le temps absorbé là, sur place. Ça nous convient.

Pour Edmée Blanco, c'est plus difficile, de s'habituer au vide. Il lui arrive de faire de courtes promenades autour de la base, pour tenter de comprendre où elle se trouve. Comprendre, non : c'est incompréhensible. Mais pressentir — comme les oiseaux migrateurs ? — la position géographique, la distance, la solitude. Éprouver le vide dans son corps et dans sa tête, à force de concentration. Boussole, radar, GPS : les instruments manquent au cerveau. Mais l'imagination, l'instinct — essayer d'appréhender la profondeur de neige sous ses pieds, plusieurs kilomètres, et tout autour d'elle jusqu'à la côte : plusieurs milliers de kilomètres. Dans les deux sens, dizaines ou milliers, largeur ou profondeur, c'est aussi difficile. Elle pourrait, comme quand elle était petite, essayer d'imaginer l'infini, puisque l'effort mental est aussi radical. Rajouter toujours à la distance et à la profondeur, et encore un bout au bout, et du blanc encore au blanc. En surface, c'est imaginable. Au bout d'un certain temps, au bout de la neige, il y aurait la côte, et la banquise, et la mer libre, et puis les trois bouées de la terre : le Cap, la Tasmanie, la Terre de Feu. Et en continuant, les arceaux finiraient par se rejoindre comme un ouvrage de vannerie, là-haut, au pôle Nord.

Mais en profondeur, sous les pieds : les tonnes de neige, et la glace perpétuelle, et la pression qui liquéfie la glace, donnant ces lacs invraisemblables, d'une eau lourde et presque chaude... et sous les lacs le lit de roches aussi vieilles que la Terre, et pour ce qu'on en sait : la lave, le noyau de fer... et les grottes de diamant... et encore des lacs... et des créatures enfouies... et ressortir par la gueule d'un volcan, *pouf !* sur un jet de soufre !

En Islande est l'entrée vers le centre de la Terre. Elle a lu ça dans une bande dessinée. Il y avait six cases blanches, où les héros se perdaient. Ils étaient en enfer et l'enfer c'était de n'avoir ni haut ni bas, ni largeur ni profondeur, ni droite ni gauche, aucun point stable. Se déplacer sens dessus dessous et ne plus sentir que le vide. Dedans dehors, ni chaud ni froid. La Chute du Mur, ha ha ! La Maison Usher, *badaboum !* Dans les six cases blanches les égarés tournaient sans progression, cherchant à prendre pied mais flottant pour toujours. Ici, au moins, il y avait un sol et la pesanteur, et le soleil au-dessus de la tête, et le blanc à peu près contenu vers le bas — bien que dans le ciel, des flous, des dégradés, des vibrations — bref : ça ne faisait pas beaucoup de plein quand même.

C'était pour combler le vide que l'image de Samuel s'était mise à flotter autour d'Edmée Blanco. Et sa voix flottait aussi, une épaisseur sonore protectrice. Edmée esquissait des promenades autour des préfabriqués de la base, soleil blanc, ciel pâle. Et elle entendait : « Edmée. » Ses sous-vêtements thermogènes la grattaient, les coutures l'irritaient et la sueur trempait ses chaussettes. Les vieux saisonniers le savent : on emporte ses sous-vêtements de ville, c'est bien suffisant et plus confortable. La chaleur était effrayante dès qu'elle essayait de marcher, et à peine s'arrêtait-elle, le froid la reprenait d'un bloc ; entre deux respirations — glace liquide de l'air — le froid avait franchi toutes les couches : doudoune, combinaison, pull, sous-pull, mais aussi peau, derme, graisse et muscles, et la trachée devenait un tube sec et glacé, et les poumons se rigidifiaient jusqu'à la plus petite bronchiole. Rêver à l'air libre, seule, tranquille, pouvoir faire un peu le point : c'était impossible. Au bout de deux jours elle s'en était rendu compte. Le cul sur une incinolette, le seul endroit où s'isoler !

Si l'on réussissait à s'éloigner de quelques pas, on avait très vite sous les yeux tout ce qu'il y avait à voir : le dortoir préfabriqué, la cuisine, la salle de vie, la chaufferie, le labo des glaciologues, la petite cabine radio où elle officiait chaque soir pendant les deux heures de liaison satellite, et le squelette de la future base en dur — quelques poutrelles métalliques couvertes d'un souffle de neige. Tous bâtiments espacés de quelques mètres, pour éviter les risques de propagation du feu ; ce qui obligeait à se réharnacher, combinaison, bottes et surbottes, dès qu'on passait une porte. L'éolienne, un peu à l'écart, était la dernière marque de la présence humaine. Elle tournait faiblement, *chip chip*, au gré d'un vent disparate. La parabole satellite était fixée sur son mât. Et voilà.

Le sol se levait ; se recourbait comme une nasse — effet d'optique. L'horizon semblait très haut, le ciel au mastic, le soleil blafard : on était comme

74

au fond d'un talweg. L'ombre de l'éolienne circulait sans répit autour de la base, cadran solaire à 360°. Les traces s'arrêtaient là — mais pas l'odeur, l'odeur de la merde cramée. Grands espaces mon cul. Pas de chasse d'eau, ici, chaque chiotte est doté d'un petit incinérateur électrique, *vâoum !* merde en fumée. À vingt et une heures, Edmée prenait son poste, d'abord les messages de service, contact avec la base côtière, météo, dépêches, puis les coups de fil personnels. Et deux heures plus tard, soleil toujours aussi haut, la base sortait de l'orbite du satellite et *plouf !* silence. Si l'on reportait son salaire à ces deux malheureuses heures, c'était la planque, pour Edmée Blanco. Mais elle était venue pour réfléchir, et elle n'y arrivait pas.

*

Ou alors, s'abstraire, comme il semblait réussir à le faire, lui, le Yogi, l'Indien, le Fou, ça dépendait comment ils l'appelaient. Peter, ça n'est pourtant pas compliqué, et puis c'est joli, c'est prononçable dans toutes les langues. Il s'installait en position du lotus dans un coin de la salle de vie. À l'heure où d'autres sortent la gnôle et les cartes à jouer, il fallait oser. Respirer, souffler. Malgré l'air enfumé, en le regardant, c'était difficile de ne pas respirer-souffler avec lui, c'était comme un fou rire contagieux. Et il gardait toujours ses lunettes sur son nez, pour s'isoler sans doute. Il les enlevait pour travailler, vraisemblablement, mais elle ne le voyait jamais travailler.

Ça semblait être un travail très solitaire, un travail de gardien de phare. L'alarme retentissait, il sortait sans un mot, et ç'aurait été un signe de bleusaille que de se préparer à évacuer. Et sinon, toujours en salle vidéo. Pas causant, le Yogi. L'Indien, le Fou. Mangeant d'un air dégoûté. L'air soucieux, toujours contrarié. C'est lui qui les maintient au chaud, qui leur fournit de l'eau, de l'eau liquide. À ce compte-là, eau et chaleur, sourcils toujours froncés, on lui fiche la paix, à l'Indien —

il enlève ses lunettes mais il ne lève pas les yeux. Il écoute le Lutin, il sourit. Tout le monde aime le Lutin, le monde appartient et sourit au Lutin. Ils sont tous en tee-shirt, les salauds. On crève de chaud dans la salle de vie. Et si on s'éloigne du poêle, si on s'assoit le long des murs, instantanément on est frigorifiée. Mal à la gorge permanent, sécheresse de l'air... Si elle osait, elle ferait comme lui, des exercices de méditation. Refaire du yoga après l'affaire Higgins, c'est peut-être l'occasion de s'y remettre. On est si loin de tout. Reprendre à zéro. Une idée serait de caser un matelas dans la cabine radio, et d'y faire sa chambre, *off duty*. Respirer, souffler. Sentir l'air à ses narines, la légère constriction à l'entrée, le palpitement à la sortie. Sentir ses appuis au sol, cuisses, fessiers, et sa colonne vertébrale, vertèbres empilées, l'axe de la planète. S'asseoir sur le pôle Sud et se sentir tourner, *vrrrr*, vent magnétique aux oreilles. N'être plus qu'un souffle, flux et reflux, passage de l'air... être poreuse au monde, posée là, n'importe où, sur des braises, au fond d'un lac, dans une tente surchauffée, et ne penser à rien, même pas penser qu'on pense à rien — elle savait y faire, avant.

Était-ce ce qu'il donnait à voir, le Yogi, dans le raffut et la touffeur de la salle de vie ? Cheveux noirs penchés, propres et luisants. Il pourrait dormir… Front lisse au-dessus des lunettes. Lui souffler sur le nez comme on souffle une plume. Lèverait-il un sourcil ? Yeux ouverts ou fermés, difficile à savoir. Agenouillée devant lui, lèverait-il un sourcil ? Soulever les mèches de son front. Ausculter les fines rides comme on lit les lignes de la main. Ici, le bon endroit pour être télépathe, une vingtaine d'êtres humains réunis dans le vide, seul foyer de chaleur, seul foyer de pensée à des kilomètres à la ronde. Passer d'un corps à l'autre dans cette porosité de l'absence à soi-même. Au Club de Développement Personnel de Douglastown on faisait circuler le « *Ôm* » en se tenant du bout des doigts, longue inspiration puis vibration en fond de gorge, et le son passait d'un corps à l'autre, de voix en voix. Sauf que ça butait toujours sur Imelda Higgins, et qu'elle était toujours sa voisine, sa voisine de « *Ôm* ». Ongles longs laqués rouges. Leur effleurement pointu quand, fébrile malgré les injonctions du prof, elle s'appliquait à l'avance à bien ouvrir la bouche pour à son tour dire son compliment, *ôôôôm*. Trop d'hymnes dans trop de cours d'école, trop de hourras chez les pom pom girls. Elle avait été institutrice, autrefois, paraît-il, avant d'avoir tous ces enfants.

Edmée Blanco aussi commence à se sentir fébrile. C'est l'altitude, sans doute. Ou la claustrophobie. Tous ces gens qui la regardent plus ou
moins à la dérobée. Elle s'écarte mentalement du
Yogi. Détache son regard. Reprend son souffle. Se
frotte le nez. Elle a du travail, elle aussi, et des
choses à penser. Elle aussi a un poste important,
sans elle ils seraient seuls au monde. Pourraient
plus parler à leur femme, pourraient plus voir
leurs enfants. Quand on sait l'importance que ça
prend, ici, les coups de fil. L'hologrammeur est
d'assez bonne qualité pour un budget européen,
et il serait dommage de le sous-exploiter sous
prétexte que la réception satellite, pendant les
deux heures de vision, est juste passable. Elle l'a
constaté ce matin : le gel prend en fine couche
sur la parabole, la « nuit », quand la température
chute avec l'angle du soleil. Le soleil ne décline
qu'à peine, et pourtant le gel se reforme, intact,
pendant l'absence des hommes. Edmée prend la
décision d'aller gratter tous les matins la parabole. Ça lui fera une sortie.

L'Indien, le Yogi, Peter, comme on veut, est
déjà reparti ausculter les joints de sa centrale,
l'alarme se déclenche sans cesse à cause de ces
putains de joints. Le Lutin et ses collègues glaciologues ont repris le forage de la dernière saison,
ils espèrent atteindre cette année les trois mille
mètres, avant les Américains. Dimitri, le météorologue, attend fébrilement son bout de carotte,
de la glace vieille d'un million d'années, du jamais vu. Le Lutin, lui, attend toute la journée
l'heure de son créneau satellite, pour parler cinq

précieuses minutes avec sa femme. Queen Mum a enfilé son tablier et s'est décidé pour un poulet Marengo, un demi-poulet par personne, avec tartare de saumon en entrée, brie de Meaux décongelé et tarte aux pommes façon Bourdaloue. Les crudités manquent déjà, hélas. Mais Queen Mum fait des miracles, ici où le peu d'humidité contenu dans un kilo de sucre suffit à le transformer en pierre, et où les bouteilles de champagne se sabrent d'elles-mêmes dans le sens de la longueur. Le Finlandais potasse les plans de la future base, il est en train de se harnacher pour faire un tour sous les poutrelles, la caravane des ouvriers devrait être là dans deux ou trois jours. Le toubib, de garde — mais que ferait-il d'autre ? — contemple, par la fenêtre, le mouvement lent de l'éolienne. Claudio va vérifier l'état des circuits électriques avec Jan Perse, quelqu'un a encore pissé dans une incinolette, et les plombs ont sauté, bien entendu. Ce soir Claudio devra encore répéter qu'on NE PISSE PAS dans les incinolettes, qu'on pisse dans les pissotières prévues à cet effet, qu'on SE RETIENT DE PISSER quand on chie et qu'on se relève AVANT d'incinérer, et encore une fois Edmée sera prise de fou rire.

*

À Douglastown, tous les matins, quand Samuel était parti, Edmée Blanco faisait de la maison une affaire personnelle. Rangeait la cuisine, vidait le lave-vaisselle et y plaçait les bols du matin, essuyait la table, balayait les miettes, nettoyait l'évier ; puis la salle de bains, puis la chambre. Ensuite elle s'installait à son ordinateur et faisait les petites annonces pour se trouver un travail loin.

Non qu'elle ait cru pouvoir s'en défaire à la douane, d'Imelda Higgins, ou la congeler au passage du cercle polaire. Quand toutes les télés du pays s'étaient concentrées sur le lotissement, et qu'Edmée s'était retrouvée à apporter son témoignage comme tout le monde, on l'avait vue sur les écrans se frotter le nez, selon ce geste qui lui est propre, et se dandiner d'un pied sur l'autre, et dire — de façon pas très audible, pas très réussie — qu'Imelda Higgins était la bonté même, que rien ne laissait présager, deviner, imaginer, et que la veille encore… — alors que c'était faux, qu'Edmée (et tout le voisinage avec) savait bien qu'on pouvait deviner, que ça leur pendait au nez. D'où la façon pas très audible. D'où la gêne dès que son bref passage télé lui revenait en tête. Ici, au moins, personne ne l'avait vue. Dans l'affaire Higgins on demande Edmée Blanco. À moins que la gêne ne soit le seul sentiment possible, finalement, pour elle comme pour les autres. Samuel, par exemple, c'était la gêne qui se lisait sur son visage. Tant que les caméras sont restées, tant que sous les fenêtres autour de la fontaine pique-niquaient les scriptes et les preneurs de son, c'était du coton qu'elle sentait à la place de son cerveau, Edmée — à la place de son cœur, si on tenait. Quand elle avait été invitée à manifester son émotion publiquement : coton, comme les autres, sur sa langue et sur le cœur. Au reflux ils s'étaient retrouvés seuls, avec nous pour compagnie au bord de la fontaine. Nous et seulement nous, peut-être plus palpables qu'avant, mais nous, ni plus ni moins. L'aide psychologique de deux heures par semaine était maintenue à l'école, mais pour les adultes la vacation avait été assurée quelques jours seulement, dans la salle des fêtes, et Edmée n'avait pas eu le courage d'y aller. Samuel lui avait raconté qu'il y avait pleuré et que ça lui avait fait du bien, et ensuite la gêne n'avait plus quitté son visage. Et Edmée avait beau ajuster sa combinaison du Projet White, lacer soigneusement ses bottes, se racler la gorge et vigoureusement gratter la parabole, la gêne est comme une neige collante, malgré le paysage flamboyant, malgré cette lumière brute qui est le paysage même.

S'habiller pour sortir, puis faire le tour des bâtiments jusqu'à l'éolienne, gravir l'échelle le long du mât où est fixée la parabole, lui prend déjà une bonne demi-heure chaque matin. Les maisons vides, *gratt gratt,* dans un climat normal, *gratt gratt,* se dégradent par l'action invisible d'on ne sait trop quelles forces ; ici, *gratt gratt,* c'est mille fois plus rapide. Comme si la glace se reformait aussi vite que cesse l'agitation humaine. Comme si le gel se refaisait avec le vide. Ainsi la surface des lacs se referme après les cercles du ricochet, et les forêts après la machette. Bien équipée, en s'agitant, Edmée peut rester dehors deux bonnes heures d'affilée. Et nous, les fantômes, faisons l'aller et retour entre le pôle Sud et Douglastown, en soulevant la poussière et le givre.

Le soleil est haut comme il aurait été haut au lotissement à la même heure ; mais ce n'est pas le même soleil. La région de Houston jouit d'un climat semi-tropical, le soleil brille sur le gazon très vert. Et les arroseuses automatiques — *tchi tchi tchi tchi* — font entendre leur chant de cigales. Ou disons qu'il est extrêmement difficile à Edmée Blanco de croire, de penser, de s'arrêter une seconde à se dire, que c'est là le même soleil. Et le même qu'à Bordeaux, Vancouver, Reykjavík ou Bombay. Le soleil d'ici — et il faut oublier tout folklore, tout pittoresque dans l'expression « d'ici » — le soleil qui se tient à longueur de temps au-dessus du Projet White prend la forme de deux ou trois pastilles blanches en relief sur fond bleuté, légèrement vibrantes, et la plupart du temps nimbées de hachures mauves et de dégradés arc-en-ciel. L'effet double ou triple s'explique par la réfraction de la lumière dans les cristaux de glace en suspension, et l'effet dégradé par les empreintes de crème solaire sur les verres des lunettes. Edmée a d'ailleurs été embauchée parce que le précédent standardiste est resté confiné au noir pendant trente jours à son retour, pour un décollement de rétine qui lui a fait voir la Vierge sous la forme d'un lapin bleu et blanc. Bref, le soleil brille à sa façon sur le désert d'ici.

Tous les matins à Douglastown le gazon pousse *tchi tchi tchi* pendant qu'Edmée lutte bol à bol, miette à miette et chaussette à chaussette contre Samuel et le chaos. Ici, tous les matins elle gratte la parabole. Chaque jour, au contrôle du toubib, son pouls ralentit un peu plus, mais dépasse encore les soixante pulsations par minute. L'altitude. Le froid. Le changement de vie, le sommeil décalé. Ses règles aussi sont perturbées. Queen Mum lui fait du thé chaud dans un thermos, pour sa petite excursion matinale. Boire chaud contre le mal de gorge. Il lui ajuste sa cagoule et lui donne une tape dans le dos. Gratter la parabole, marcher, un peu de sport. Une bonne discipline quotidienne, comme l'autre avec son yoga. Calmer le pouls. Et tous les matins la lumière est la même, et le grand plateau blanc autour d'elle, le même. Avec quelques creux et bosses formés depuis longtemps, des vagues de glace, des *sastrugi*. Se gazéifiant vers l'horizon, et montant au-dessus d'elle, comme dans une nasse ; et nous dedans, les mêmes, inchangés.

Dans le givre qu'Edmée souffle nous esquissons des volutes. Apparaissons, disparaissons. Elle prend de bonnes et amples respirations, Edmée. L'air sec blesse sa gorge mais il est pur, très pur, et elle a du talent pour respirer. La fumée des incinolettes atteint peut-être jusqu'ici, mais déjà si froide que l'odeur est éteinte. La correspondance idéale entre ce qu'elle a sous les yeux et ce qu'elle respire, voilà ce qui retient Edmée Blanco. Du verre pilé incandescent. Du blanc, du gel, et du désert. Il faut croire qu'Edmée a réussi à faire le vide. Que sous sa calotte crânienne un cerveau détoxiné tourne à l'unisson du continent. Qu'elle a trouvé ce qu'elle est venue chercher, peut-être : une vacuité de bout du monde. Un fond de globe intact.

Un, deux, trois soleils : à l'horizon nous faisons lever des mirages. Avec ses yeux à facettes une mouche verrait tout autre chose, mais nous, nous nous mettons à la place d'Edmée. D'ailleurs une mouche crèverait tout de suite, ici. Le fantôme de l'une d'elles, transportée dans un cageot d'oranges, zonzonne aux oreilles spectrales des poneys de Scott. « *Chaque jour j'ai l'impression de noyer des petits chats* », écrivait Scott, cet assassin, à propos de ses poneys. Nous allons et nous venons. Nos allers et retours font des prismes dans l'air cristallisé. Dans l'haleine d'Edmée nous nous formons et nous nous déformons. Elle a froid aux doigts sous ses moufles, elle passe d'une main à l'autre la raclette à pare-brise qu'elle a trouvée dans le matériel du chantier. *Gratt gratt.* Son ombre de petit ramoneur tressaute sous l'ellipse formée par la parabole.

Moulin lent de l'éolienne. Ombres bleues concassées. C'est un endroit auquel les humains ont, *de visu*, peu attribué de mots. Ils sont peu nombreux à venir, et aucun à y rester (à y rester, vivant) ; et ceux qui ont tenu un journal l'ont fait pour dire la conquête et l'exploit, ou adieu à leurs proches en se gelant les doigts. Ceux qui, plus tard, y séjourneront, pour des raisons scientifiques, politiques ou militaires, parlent entre eux le pidgin anglais international et se contentent de *snow, ice, white* ; osent *desert* et *flat* ; et dans les moments d'épanchement, *solitude.* Et quand ils se retrouvent seul à seul dans leur tête, seul avec leur langue maternelle, pourquoi se feraient-ils des descriptions ? Edmée pense à l'Indien, à

Peter, Yogiman, *whatever his name is.* C'est presque incrongru de le voir, aux repas, faire comme tout le monde, enrouler ses spaghettis autour de sa fourchette et les porter à sa bouche. Il a donc une langue et des dents, et même un œsophage dans lequel descend la nourriture. Ses spaghettis, il se soucie donc de les enrouler, il est donc accessible à ces petites préoccupations. Il s'essuie la bouche et demande du pain, il semblait hier soir écouter les glaciologues, leurs ennuis de carottage, la qualité de la glace. « *Skoll* », a-t-il dit au Finlandais qui lui versait du vin (car il boit du vin et il sait trinquer dans un certain nombre de langues) ; et quand le Lutin y est allé de son bon mot, il a ri avec les autres. Il aura bien un coup de fil à passer ? Une famille, des proches, un pays ? Un anniversaire à souhaiter ? On est ici pour la moitié d'une année. Tout le monde, absolument tout le monde, est déjà passé par la cabine d'Edmée. Passe et repassera par la cabine d'Edmée. Puisqu'il semble qu'il n'y ait rien d'autre à faire, ici, que penser au monde qu'on a laissé derrière soi. Aux enfants, aux arbres et aux saisons, aux collines. « *Projet White, j'écoute ! White Project, hello ! Pronto ! Esan ! Diga ! Haloo !* » Même en finnois Edmée Blanco essaie de dire son petit mot. S'il lui reste un peu de vision satellite elle cherche sur Internet comment se dit ceci et puis cela, elle s'occupe, Edmée, elle s'intéresse, sauf que le Finlandais n'est pas finlandais mais estonien, chose que son épouse Ida, à Tallinn, ne prend pas la peine d'expliquer à la pétasse du standard, vu le coût de la minute Tallinn-pôle Sud.

Lorsque Edmée lève la tête pour se reposer les doigts, elle voit cinq soleils. Un au centre, et les quatre autres autour ; reliés par une couronne, un halo blanc, ce que serait le feu si la glace flambait. Cinq soleils en gloire, se parant de nos voiles. Fait-il plus chaud ? Elle a envie d'ôter son anorak. Entend-elle de la musique ? Comme un chant de baleines ? Une excitation des sphères, une vibration de la nuée ? C'est ce silence énorme, qui presse contre les tympans. Il faudrait un appareil photo, pour être sûre que l'image ne se forme pas dans son cerveau, pour être sûre qu'elle ne vire pas folle, déjà ; et un téléphone, pour télécharger la photo à Samuel, quelle ironie d'être justement grimpée sur la seule antenne à la ronde (ne pas tomber). Une sorte d'arc-en-ciel local. De phénomène polaire. Elle lui racontera : c'était beau, oui, c'était beau. Mais c'était triste, aussi. C'était triste d'être seule à regarder une chose aussi belle. Ces épithètes restent plantées comme les drapeaux de Scott et d'Amundsen sur la calotte crânienne d'Edmée. Elles claquent à ses oreilles.

C'était beau, mais c'était triste
Un pompier en pleurait dans son casque
Quand le casque fut plein une goutte tomba
Sur le sol, qui gela.
Le capitaine des pompiers glissa et se tua.
C'était beau, mais c'était triste.
Un pompier en pleurait dans son casque…

La ritournelle, que lui chantait sa mère, oui, de son enfance à elle, et il y avait une variante sur un haricot — *une goutte tomba, sur un haricot qui germa, c'était beau, mais c'était triste* — que le cerveau d'Edmée cherche à repousser (enveloppe encéphalique tendue comme un tambour), la scène est suffisamment parasitée comme ça. Et nous chantons en chœur

C'était beau, mais c'était triste

et Edmée Blanco voit passer les camions rouges et leur pin-pon, pousser le haricot géant de la fable et aussi, affreux fait divers, le haricot qui étouffe un enfant en germant dans ses narines, et tintinnabuler les ambulances et pointer les ongles rouges d'Imelda, bref, Edmée Blanco contemple les cinq soleils et son cerveau humain est la seule chose vivante, désordonnée et vivante, de tout cet assemblage de sphères et de cristaux.

Il aurait fallu quelqu'un pour s'enthousiasmer ; quelqu'un à qui crier : *regarde !* Un autre corps délimité par de la peau et battant de sang et capable d'aligner deux pensées cohérentes pour dire si oui ou non une telle chose existe. S'effrayer et s'enthousiasmer avec quelqu'un pour chasser l'envoûtement, le poids, le silence. Est-ce que c'est vraiment beau ? Et le temps de courir à la base, est-ce que ça ne va pas disparaître ? La chose à cinq yeux dans le ciel la regarde, elle, Edmée, sans enthousiasme évident. Ce n'est pas un spectacle, ce n'est pas un événement, ce n'est là ni pour Edmée ni en dépit d'Edmée. C'est là pour personne, comme la neige, la glace, les lacs des profondeurs et le lit de roche en dessous, comme le ciel et le mince filet de vent et l'espace vide. Ça n'attend rien. Ça ne veut rien. C'est plat, froid et indifférent.

Edmée se retourne, mais tout ce qu'elle voit c'est du blanc se diluant dans du blanc ; et sur quelques enjambées, la trace de ses propres pas dans la neige — les semelles crantées d'Armstrong dans la poussière lunaire. Mais Armstrong pas à pas on le suivait sur les écrans du monde entier — et ceux qui bientôt marcheraient sur Mars, eux aussi on les accompagnerait. Edmée Blanco s'engourdit sur son échelle. Qu'est-ce qu'elle fiche là ? Le soleil du centre semble s'isoler peu à peu, se détacher de sa couronne et vibrer seul ; pendant que les quatre autres, comme des billes de mercure, étirent le halo en une étrange croix à bouts ronds ; ils fondent, leur lumière se dilue et devient le ciel, le ciel et le sol se mêlent. Nous dansons dans les yeux d'Edmée. Le blanc gagne de toutes parts comme si les molécules d'air émulsionnaient en mousse, nous dansons. Comme si l'espace, sans tain, basculait sur son côté miroir ; et le Projet, à trente mètres à peine, se confond, disparaît.

Edmée descend de son échelle. Ses énormes bottes, droite, gauche, Edmée les pose devant elle ; devant elle elle balance ses moufles fluorescentes, pour se hisser hors du mirage. La sensation de froid aux sinus et dans la gorge, et la pompe accélérée du cœur, voilà ce qui reste à Edmée, voilà ce qui reste d'Edmée. Mais quelque chose vrille l'air à ses oreilles — une sonnerie stridente, réelle : quelque chose arrive. Peter

Tomson zippe hâtivement le haut de sa combinaison ; il voit Edmée, immobile dans le blanc ; et sur les vingt minutes dont il dispose il en prend une et vingt-cinq secondes pour l'attraper par le bras et lui tenir la porte et attendre qu'elle veuille *vouloir t* bien rentrer au chaud.

Alors nous nous replions, nous roulons nos voiles, un seul soleil troue le brouillard blanc et nous nous lovons *lov* comme les chats se lovent dans les maisons des hommes et Peter travaille et l'alarme se tait et le ronron de la centrale reprend.

*

Pete Tomson a les yeux grands ouverts. Les velcros usés des portes laissent filtrer des rais de soleil. Et un peu d'air immobile, des pointillés de vapeur blanche… Il fait si… beau dehors. Soleil saupoudré à travers la toile de tente. Comment font les autres, pour dormir ? Il est 1 h 41. Le poêle est au centre du dortoir : on a affreusement chaud, surtout aux pieds, et la gorge sèche. Baisser le poêle, et au bout de deux minutes on gèle, ce n'est pas une expression ; ici tout marche à fond ou on crève. Comment font-ils, dans les vaisseaux pour Mars ? Est-ce qu'il n'aurait pas mieux fait de postuler pour Mars ? Se mesurer à du − 100°, c'est autre chose. Réchauffer Mars. Est-ce qu'ils embarquent des femmes, là-bas ? Ce brouillard bizarre, hier soir, le *white out* on appelle ça, le ciel qui se reflète dans la neige, ou l'inverse ; et l'espace entre les deux, fermé, annulé… Elle avait l'air perdue, sur une autre planète. Une brume de métal, aveuglante… Ou alors, penser aux lacs, par exemple. Cette idée des lacs sous la calotte glaciaire. C'était intéressant. Il n'en avait pas entendu parler avant. Des lacs de glace sous pression, de glace liquide, bien en dessous de zéro mais liquide et de plus en plus dense à mesure qu'on descend… imaginer cela : la chaleur du gel. Peter Tomson, allongé sur le dos, et rêvant. Il en a la gorge moins sèche, l'insomnie moins pénible. L'haleine des voisins est moins fétide, l'inconfort se fait oublier. Et nous, assis au bout de son lit… le temps qu'on se retourne ils s'étaient tous couchés, il est tard, tard pour eux, dehors le soleil est une explosion fixe sur l'espace ravagé de vide —

s'extirper du sac de couchage, se lever. Nous nous ébrouons à sa suite. Le regardons boire de l'eau. Glace fondue, de l'eau très vieille, entassée ici depuis que le monde est monde, depuis que deux atomes d'hydrogène se sont combinés, *pop*, avec un atome d'oxygène. Un goût de molécule pure, le pur goût d'H_2O ! L'additionner des sels minéraux que prescrit le toubib, c'est encore plus dégueulasse, alors ils ont la chiasse, et les incinolettes supportent mal, et ça saute et se bouche — Peter ne voudrait pas avoir signé le contrat de Jan Perse. Bref. Le ronflement de la centrale, il l'a dans l'oreille, régulier, grosse bête apprivoisée. Juste penser à commander des joints. Ceux du stock sont dévorés par le gel, comme tout ici, le plastique des planchers, le mastic des quelques fenêtres… La tôle elle-même est craquelée si une telle chose est possible, et les livres, et la peau…

90

Ses lèvres desséchées. Le *lipstick* qu'elle utilise. Peut-être qu'il faudrait qu'il en mette, lui aussi ? Tout cède et se disjoint. On entend la nuit le travail du dégel, un dégel relatif. Des choses se séparent, s'écartent, se désemboîtent. Et sans doute, quand l'hiver et la nuit retombent, c'est en continu qu'elles se rapprochent, se cherchent, se resserrent, et finissent par casser… Et chaque année bon an mal an il revient des humains pour remettre en route le rafiot, et le chantier, et la radio, tout rafistoler et *hop !* repartir. Urinoir. Et puis tiens, faire quelques pas dehors. Combinaison. Bottes. Gants. Cagoule. Lunettes. Et ce jour épuisant, soleil tatoué en haut du ciel —

Peter Tomson respire, respire la glace pilée qui lui est donnée pour air, ça lui saisit les poumons, anesthésie sa gorge douloureuse, et il compte machinalement : un pas, deux pas. Trois pas et quatre et cinq, et jusqu'à douze, *pam pam pam pam*, lui revient en tête une ritournelle… dans la langue de là-bas, oui, une histoire de saisons, de renouveau, de moulins peut-être ?… sa vieille nounou… ou de vols d'oiseaux de retour, des images, oui, un rythme, une ronde, *la la la…*

Il resterait bien là, dehors, dans la lumière. Des bandes de brume, au loin, sous le soleil ; comme si la neige se défaisait sous l'action de rayons inconnus ; ciel aveuglant, avec des ombres bleues massées sous l'horizon… grands troupeaux dans la plaine… essaims d'hallucinations… cloches… étable, mer… À la lumière seule on devrait pouvoir se situer. Le globe terrestre, les 180 arceaux des longitudes, multipliez-les par les 90 cercles des latitudes, et en chacun des points ^{pickup} captez la lumière : nulle part elle n'est la même, les oiseaux migrateurs doivent le percevoir. Ce qui plaît à Peter c'est que la lumière, ici, au Pôle, est nue. Comme elle est nue parfois en pleine mer, quand on ne voit que l'horizon, quand on est un point entre le haut et le bas et qu'on a l'intuition de la sphère. Une demi-sphère en haut, une demi-sphère en bas, ciel et mer, ici neige. Ça fait bien longtemps qu'il n'y a plus de couche d'ozone dans le coin. Pete Tomson par réflexe lève les yeux vers cette absence, ça brûle même à travers les lunettes, ultraviolets purs. Le ciel est mauve — s'allonger dans la neige et tournoyer...

En Islande dans les années quatre-vingt-dix il n'y avait encore qu'une quarantaine d'arbres. Tous avaient un nom. Quand on tenait un chef d'État en visite on lui fourrait un plantoir dans les mains et *hop !* un arbre. L'arbre George Bush. L'arbre François Mitterrand. L'arbre Helmut Kohl. Ça lui revient, à Pete Tomson, cette sensation, ce manque d'arbres... d'avoir rêvé, allongé par terre... des paillettes vertes dans les yeux... oui, il avait eu ces paillettes-là dans les yeux, et en Islande comme ici on n'a que le ciel nu au-dessus de la tête. Mais ici c'est un ciel vraiment nu, un ciel sans histoire, le soleil tombe droit sur la terre sans ténèbres — s'allonger sous les arbres en rêvant, les paillettes des feuilles dans les yeux — l'espace nu, le sol nu, le soleil nu et pas d'histoires, dans le seul bourdonnement de la centrale, et peut-être tout bas un bruit de respiration... — de voix ? — un souffle, un glissement... un *scritch*

92

discret, comme si on avait détaché le ciel du sol en tirant d'un coup sec, et de la fente jaillirait quoi ?... — Pete Tomson se secoue, à demi congelé. Il avise la salle vidéo, il en passe la porte et nous les murs.

*

Scooter, elle a un petit casque absolument pas aux normes d'où s'échappent ses boucles brunes. Paris à droite, Paris à gauche, s'éventaille à sa suite comme les deux pans d'une robe. Bleu du ciel avec petits nuages blancs, miroirs défilant des fenêtres, pigeons *clac clac clac*, arbres et autobus verts et terrasses — elle est dans une pièce ensoleillée, elle parle, *tipiti tapa tût*, petits piquetis du français, à l'avant de la bouche, sous les lèvres, pointes d'émail et clapotis de langue et craquements comme si du bout des dents elle rongeait des noix, et ça vibre sans roulade, ça nasille aussi mais tout ceci à peine, à demi, touches de voix de tête, sous-titré en italien, incompréhensible — il sait des tirades par cœur, son à son, il les grignote *tipiti tapa tût* — on lui répond, à la fille, hors champ, la caméra a un mouvement curieux pour aller chercher le type qui répond, ça laisse à Pete Tomson le temps de le devancer, avance rapide, reflets sur une fenêtre battante — la revoici, imperméable blanc et très fines bottes en cuir, il pleut, scooter sur macadam luisant, le petit choc quand elle enlève son casque, mouvement des cheveux, les doigts dedans l'air de ne pas y songer, elle commande un café au comptoir, quelque chose la tracasse, pluie dégoulinante aux vitres, au moment où elle ressort il lui tiendrait la porte et lui offrirait son parapluie, ça se fait dans ces pays-là, un bout de trajet, ils éviteraient les flaques en riant, *splich splich splich* sous ses jolies bottes, et des gouttes se formeraient au creux de ses maxillaires, sous la joue, là, pause

l'air se déchire, *SCRITCH !* Pete Tomson appuie sur stop, nous nous retournons tous en bloc

Edmée Blanco referme derrière elle le pan de toile, lisse le velcro du plat de la main

et sur un plateau elle transporte : une brique de lait, une assiette à dessert, une cuillère et des ciseaux, un paquet de sucre en poudre et une bombe de chantilly.

« *Hello !* » elle dit.

Nous nous taisons. L'Orchestre de Zurich, celui-là même dont le vol s'est écrasé dans les Andes en 1963, entame un interlude en sourdine.

Tipiti tapa tût ? aimerait assez dire Pete Tomson.

Elle s'assoit à une chaise de lui (nous nous précipitons sur la chaise laissée libre, nous nous battons, nous nous empilons, la pile tombe et nous tournons à toute vitesse pendant que l'Orchestre de Zurich joue un air de chaise musicale — spirale, poltergeist, *zziiiiiiii !*).

« *Please go on* », dit Edmée, et Peter rappuie sur *Play.*

Est-ce qu'on entend le son de la télé, quand on vient du dehors ?

Est-ce qu'elle va enlever son anorak ?

Vue de biais comme ça, du coin de l'œil, son profil est bleu-vert dans la lueur de la télé, à gran-

94

des ombres découpées et un œil noir, demi-sphérique, foré dans le triangle des paupières.

Elle soulève les velcros de ses surbottes ; de ses bottes ; délace ses sous-bottes.

Du bout de l'orteil attire une autre chaise et y pose ses pieds

Chaussettes en laine blanche bouclée, immaculées, duveteuses, elle tortille ses doigts de pied et même (elle a les genoux libres depuis qu'elle a posé le plateau) elle pose son pied droit sur sa cuisse gauche, elle le masse (où a-t-elle dégoté ce genre de chaussettes ?)

(nous nous tricotons dans les chaussettes d'Edmée, nous nous cardons et filons et quenouillons et pelotons ensemble maille à maille fil à fil)

Vroum fait le scooter, *plic plic* fait la pluie, passe un grand M jaune du métro parisien

la pluie qui fait de jolis reflets sur le visage d'Edmée, des gouttes miroitantes, qui roulent, comme si elle était assise de l'autre côté de la vitre, à boire son café d'un air absent, d'un parfait petit air parisien et ne-faites-pas-attention-à-moi

Et — attendez — voici qu'elle dépiaute le pack de lait avec les ciseaux

retire le carton et attaque le parallélépipède à petits coups de lame comme on pilerait des amandes

remplit l'assiette de paillettes de lait, et la couvre de sucre et de chantilly, *spritch !*

et sans quitter l'écran des yeux, mange sa glace avec un naturel qui force l'admiration.

*

Une bonne pluie, voilà ce qu'il faudrait, les gouttes sur le visage, se promener, rester un peu, sous la pluie, dans un extérieur habitable ; une bonne pluie — et les flaques, la boue, l'Islande, la ferraille mouillée des barrières, les moutons et le goût du brouillard dans la bouche, ce brouillard soufré, écumeux… et les poutres sous les roues de la jeep, *ra-ta-ta-ta*, quand on passait les sauts-de-loups… À six ans ses pieds étaient encore assez étroits pour glisser dans le trou, comme les sabots des bêtes, ça lui faisait peur… mais très vite, huit neuf ans, il pouvait marcher d'un pas tranquille, comme les grands, il n'avait plus à faire le funam-bule — les chiens sautaient d'un bond, fiers de l'accompagner — et la pluie tombait sur ce pay-sage qui ne rappelait rien, grandes plaques de mousse fluorescente, cratères de soufre orange, boue bleue qui bloblotait, et les moutons qui bouffaient du lichen. Monsieur Gudmundsson fabriquait du fromage. L'ancêtre Gudmundsson avait déjà accueilli des réfugiés pendant la Se-conde Guerre mondiale, son arrière-petit-fils per-pétuait donc des valeurs familiales, des valeurs de pays neutre. Le fromage était brun et cubique, emballé dans de la cellophane ; à table, on le dé-coupait en lamelles avec une raclette spéciale qui ne ressemblait à aucun autre objet sur la Terre.

On pouvait difficilement appeler ça un pays, un pays sérieux, une terre. On pouvait même soup-çonner d'avoir été largué ailleurs, ailleurs que sur la Terre, sur une autre planète avec des créatures qui jouaient les moutons et d'autres qui faisaient les chiens et les écoliers et les bergers philanthropes, mais qu'un simple changement de point de vue, d'yeux, révélerait aberrantes. Et où lui seul, Peter, aurait été un petit garçon à sang chaud et à vertèbres. De sa langue maternelle il ne lui restait rien, absolument rien, la langue qu'il avait sans doute parlée, pourtant, jusqu'à l'âge de six ans, sous un autre prénom ; rien, pas un rythme, pas un son, c'était comme si on avait basculé un interrupteur dans sa tête. Il paraît que ce genre d'amnésie est un phénomène courant chez les enfants déracinés ; mais il s'accompagne symétriquement d'une hypermnésie, d'une absorption spectaculaire de la langue d'accueil, à la vitesse où l'éponge de mer retient, en quelques secondes, trente fois son poids de liquide. Ce n'était pas le cas ici. De là à penser que le petit Peter était particulièrement peu doué pour les langues, ou que l'islandais est une langue vraiment coriace — mais quand on songe au basque, à l'estonien, au géorgien, on se dit, bref. Peter (que l'on avait baptisé ainsi parce que son prénom d'origine était imprononçable) le petit Peter fut donc très peu loquace de 1992 à 1997, année où ses parents réapparurent, *pop !* accompagnés de sa nounou Nana mais sans sa sœur Clara, à qui son prénom pourtant international n'avait guère porté chance. Mais de toute façon, Clara, la nounou, le papa ou la maman, Peter Tomson ne voyait pas qui étaient ces gens.

À l'âge de treize ans Peter ou *whatever his name* quitta donc les Gudmundsson et s'installa avec ses parents d'origine et sa vieille Nana dans un préfabriqué prêté par le gouvernement islandais en association avec le HCR. Et la famille, par commodité, décida de s'appeler Tomson, Tømson, ou Tömson, comme on voulait. Tomson était un nom très répandu, c'était aussi la marque d'électroménager qui équipait le préfabriqué. Quand Peter partit faire ses études à Reykjavík, il fut inscrit sous le nom de Thomson et découvrit comme on pose ses valises qu'il pouvait se stabiliser dans un anglais approximatif, parlé par la moitié de la planète. De toute façon Peter n'était plus le fils de Tom ni de personne, et ça lui allait bien comme ça.

*

Il court après un métro
en apesanteur, les portes vont se fermer, *cl-ac*
Sur le quai il y a une — gitane ? Fichu bariolé, châle, jupes. Comprend rien à ce qu'elle raconte
Les lignes de la main ? Elle a trente ans et un enfant sur la hanche, elle lui déplie les doigts et son index lui chatouille l'intérieur de la paume, ongles au henné — où a-t-il déjà vu ça ?
Il voudrait lui dire de se presser car les flics surgissent à l'autre bout du quai
Mais qu'a-t-il dit ? Elle pose l'enfant sur le quai, ils s'enfuient ensemble
« Elle a l'âge de se débrouiller », dit-elle.
Il est entièrement rassuré.

98

Quatre à quatre à l'assaut des escaliers mécaniques, marches hautes, dont le fonctionnement est de plus en plus erratique

à chaque palier, à chaque hall, il fait le guet — trois ou quatre femmes ? — hommes ? — l'accompagnent désormais

Le long des escalators en panne habitent des gens, qui les encouragent et ôtent devant eux les obstacles — cartons, paquets de livres, broussailles, fagots… —

Les étages suivants, les escaliers se resserrent en goulets sombres, déserts. Il fait froid, des courants d'air dévalent ; quand ils débouchent, c'est sur un herbage en montagne, un col, les nuages les frôlent… odeur métallique des mèches de brouillard… vent piquant d'oxygène… L'herbe est couchée, vert pâle, la neige a dû fondre récemment. C'est encore l'hiver. Il n'y a rien au loin. Ils descendent quelques marches, c'est le soir. Ils sont dans une petite ville côtière, de grosses vagues jaillissent, écume, contre les digues anciennes. Il retrouve la maison. Il est seul maintenant. Il reconnaît son lit dans la pénombre, les draps défaits, tièdes, dans lesquels il s'allonge.

Mais quelque chose insiste. C'est une douleur de devoir rester réveillé, c'est une douleur dans la tête, traversant le cerveau, que de ne pas se laisser sombrer… Sonne… avec insistance…

Qu'est-ce qu'il fout là ? À moitié tombé de cette chaise. Edmée. La centrale, ce *uiii* répété, comme un vagissement de nouveau-né, abandonné… Ils regardaient le film. Enfin, il regardait le film, le seul film regardable qu'il ait trouvé ici, la Parisienne sur son scooter... et elle mangeait du lait congelé. Il devait avoir l'air ridicule, endormi sur cette chaise.

Et il vit dans un univers où le moindre pas dehors suppose de se harnacher, attacher la combi, enfiler ses bottes... vite...

La gifle du soleil fait vaciller Peter. Larmes immédiates, lunettes

Il ferme les yeux et le rêve le reprend, le lit, les draps... la ville côtière et la digue, voilà... le repos du rêve, pierres taillées, jaunes, incrustées de coquillages, et ce col herbu en montagne, et ces tissus bariolés — à Aberdeen ? Il y avait des gitans, quand il travaillait à Aberdeen ?

quelle heure ? à peine vingt secondes depuis le début de l'alarme... l'impression d'avoir parcouru des kilomètres de digues jaunes...

de toute façon, d'un rêve à l'autre, pas de continuité. L'impression d'emprunter des rêves ci et là, au passage. À l'un ou à l'autre, un moi ici, un moi là. Ici tout le monde rêve, beaucoup, au point qu'on en parle au *breakfast*. Sauf elle, ou alors des choses insignifiantes, générales, qu'elle a vu la mer, qu'elle a vu les arbres et la pluie, les animaux. Elle a raison, rien de plus obscène qu'un rêve, les gens rêvent à ce qui manque et basta. Rien à raconter. Des draps, une chambre à soi. Des prairies, des saisons, un désert vraiment désert.

C'est un joint qui a lâché, un joint large comme un ruban, sous la cuve. Il a lâché là mais il aurait pu lâcher ailleurs, à l'extraire de sa goulotte il se

100

déchire comme du papier, fentes et petites bulles. (Les effets du froid — étonnement sans fin.)

En rafistolant avec du scotch aluminium, ça peut tenir, le temps de récupérer un joint sur un Caterpillar ou le diable sait où. Téléphoner à la côte, qu'ils envoient des joints par avion. L'alarme se tait, *ouf*. Le moulin tourne. Il fait bon ici, pour se rendormir.

C'est un endroit pour ne rien faire, ce qu'il soupçonne d'elle c'est qu'elle est comme lui : venue ici pour ne rien faire. Nourrie logée, pas de questions à se poser. La distance énorme. Le travail qui justifie. Lui sa centrale, elle sa radio. Autant demeurer sur les lieux du problème. Et ne penser à rien, laisser filer la saison, jusqu'au gros chèque, et voilà. Remettre ça chaque année. La plupart vivent comme ça. N'ont même pas de lieu à eux sur la planète, vivent à l'hôtel le temps que ça recommence, choisissent la Côte d'Azur ou un petit voilier aux Caraïbes... Allers et retours pendulaires entre le Pôle et le reste du monde. Et pour faire bonne mesure, se dire de quelque part, leurs bleds inscrits sur le poteau devant la base avec les kilomètres d'éloignement, Firenze 16 500 km, Tallinn 18 200 km, Oslo 18 500 km. Exagérer les particularismes, forcer sur les accents, s'énerver par nations, à peu de frais, ha ha ! Dans l'œil des tempêtes, sous le poteau indicateur. Elle a l'air française, ou canadienne, il a cru comprendre... elle vit au Texas, à Houston ? La Nasa. Les fusées.

On est remarquablement loin de l'Islande, ici. On est remarquablement loin de tout, de tout point d'origine, à moins qu'on ne considère le Pôle comme le centre de quelque chose. Le centre du vide, alors. Plus loin, à part Mars, on ne peut pas. Les Islandais disent d'eux-mêmes qu'ils naissent avec un élastique dans le dos : pressés de quitter leur bout de lave, mais y revenant toujours. La nostalgie de l'Islande est un sentiment que Peter n'avait pas prévu. Mais on est tellement à l'écart, ici, qu'on peut avoir la nostalgie de n'importe quoi ; n'importe quoi de chaud et de vivant. Le poteau planté devant la salle de vie, avec les pancartes et le kilométrage… Encore une fois l'idée fait une entrée — piccolo, petits pas — dans le cerveau de Peter. Découper un carton ? Écrire : Húsavík ? Calculer le nombre de kilomètres ? Trouver du fil de fer, grimper sur le poteau ? Chaque fois qu'il le croise, ce poteau, dix fois par jour, l'idée surgit et s'annule sans que Peter s'associe jamais à la brève dispute, cerveau argumentant à vide pendant que le corps avance, centrale à réparer, centrale réparée, voir un film, film vu, dîner, digestion, éviter les autres, autres évités trente secondes… Aussi longtemps que le froid le lui permet, Peter arpente, sur vingt pas, l'espace rebattu devant la salle de vie. Une voiture passe dans son champ de vision ; un embouteillage, au loin. Rumeur de klaxons — ou de cloches ? Tintinnabule aux oreilles. Le silence est si dense qu'on entend se froisser ses épaisseurs. Le vent dans les peupliers — banlieue d'Aberdeen, trois ans chez British Petroleum. Leur anglais incompréhensible. La pluie sur le visage, la pluie aux vitres. Et cette Écossaise incompréhensible.

L'odeur de la raffinerie. Quelle heure est-il ? Petit-déjeuner.

Un jour il prendra un scooter des neiges et il ira au pôle Sud, à quinze kilomètres de là, ça lui fera une balade. Au pôle Sud géographique, celui atteint par Scott et Amundsen, pas l'autre, le magnétique, qui dérive au gré des influx. Peut-être sentira-t-il quand même quelque chose, des ondes, un centre ? Où convergent courbes et courants ? Il se le permettra. Dans ce silence, il sera toujours à portée sonore de l'alarme. Sauf qu'il faut partir à deux, les consignes interdisent qu'on s'éloigne seul. En quoi il avait tout faux, en venant ici. La solitude y est le bien le plus rare. La solitude physique, parce que pour être seul, on est seul, si on se laisse aller à la pente du vide. Soixante-quinze kilos de chair vivante, pour un continent de blanc vide. Un mètre quatre-vingts de hauteur sur des kilomètres de neige aussi vieille et ignare que l'eau est vieille et ignare.

Reprendre le rêve des parents, le désert, l'isolement. Cultiver son jardin de neige, faire pousser les roses, sculpter la lave, ériger des totems de cailloux. Il sait tout ça. Croire échapper. Laisser filer le monde autour de soi comme un nuage. Et ensuite, qu'est-ce qu'on lui a raconté ? La voix de Nana, pas des parents évidemment : sa sœur Clara — aucun souvenir d'elle — et ce que la guerre fait aux filles. Se croyaient suffisamment riches pour laisser pleuvoir. Il était déjà en sécurité en Islande. Pourquoi ils ne les avaient pas envoyés ensemble. La progéniture. Pourquoi lui et pas elle, pourquoi elle et pas lui, etc.

Et ce qui est arrivé exactement ; arrivé *exactement* ; aucune idée. Témoin de rien. Survivant de rien. Au milieu de rien. Qu'est-ce qu'il croyait trouver, ici ?

Le ciel bleu, décidément bleu, avec ce maigre vent qui vient de nulle part et l'éolienne… *chip*… *chip*… Et la centrale, *zooooon*. *Dong*, les cloches hallucinées. C'est lui qui a voulu venir ici. Disons : qui a répondu à cette annonce, qui s'est laissé porter jusqu'ici. La petite annonce de Shackleton, dans le *Times* en 1906 : « *On recherche des hommes pour un voyage périlleux. Faible salaire, froid perçant, longs mois d'obscurité totale, danger constant, retour incertain. Honneur et reconnaissance en cas de succès.* » Tout le monde a une histoire, et basta. Être en charge d'une chaudière idiote, nourri, logé, blanchi. Se lever, se coucher. Le soleil en rond et le gel. Cesser enfin de zigzaguer, de pousser sa balle comme un ours de cirque. Les vents s'enroulent en cercles de plus en plus larges autour du Pôle. À mesure qu'ils se dévident, longeant la côte puis découvrant la mer libre, ils s'accélèrent, soixantièmes sans nom, cinquantièmes hurlants, quarantièmes rugissants… Ici l'éolienne, *chip chip*.

La Canadienne, la Française, cette fille, *Edmée*. Elle n'a que dix ou quinze mètres à faire de la cuisine à sa cabine mais elle s'est entièrement harnachée quand même. Elle lui fait un signe. Il hoche du bonnet. Elle porte un plateau fumant entre ses moufles, le temps qu'elle arrive son thé sera glacé, mais il la comprend : elle s'isole de plus en plus souvent dans sa petite cabine radio, il semble même qu'elle y vit. Il imagine l'endroit, plein de miettes, packs de lait vides, cuillères fauchées en cuisine, biscuits et sachets de thé. Brosse à cheveux, bouquins... peut-être un cadre avec une photo ? Elle n'a pas d'enfants, à ce qu'il sait. Un terrier, un nid de souris.

Nous faisons les souris autour de Pete Tomson. Nous gigotons, nous grignotons. Mais les fillettes parmi nous nous arrêtent — *chut !* Quelqu'un joue en silence à côté de Peter. Taille des formes dans du carton, ou dans un magazine. Découpe des corps nus, et des vêtements à deux dimensions. Superpose les vêtements aux corps, avec des languettes judicieusement placées. Le souvenir, si c'en est un, est très loin de la surface mentale de Peter. Proche du centre, là où rien ne bouge, où rien n'atteint ; là où rien ne circule, ni les comptines, fossilisées, ni le goût du lait, figé à jamais ; où le vent ne fera battre aucune porte, n'apportera aucun air neuf. Nous seuls pénétrons ici. Cave. Peter secoue la tête et piaffe. Nous reculons. Échos. La petite suspend le mouvement de ses ciseaux.

Se recoucher une heure ou deux ? Un film, maintenant que la salle est libre ? Ou se faire un thé chaud en cuisine ? Démarrer la journée — couché, debout, pour surveiller la centrale c'est égal. Le souvenir, si c'en est un, est redevenu si ténu que même nous, les fantômes, avons du mal à percevoir le petit bruit des ciseaux et du carton qu'on plie. D'image, rien, s'il y en a jamais eu. C'était peut-être un souvenir de rêve. Ou un de ces souvenirs flottants, passant de tête en tête, qui dérivent autour du globe et se condensent ici à mesure que le vent tombe. Ils forment de petites flaques et coulent dans les failles invisibles, jusqu'aux lacs. À un moment il faudra bien qu'il appelle sa mère. Ou Monsieur Gudmundsson et Madame Gudmundsdottir, ils sont tellement fiers d'avoir fait de lui un vrai Viking, de ceux qui traversent les mers pour vaincre le Pôle et ses inconvénients. Bref. Ça aussi, ça pouvait attendre.

*

Tout le monde voulait téléphoner. C'était une cérémonie le soir, après les messages de service, la météo, et les dépêches. Il restait environ une heure de vision satellite, et Edmée — privilège de sa fonction — avait déjà appelé Samuel. Trois heures de l'après-midi à Houston, Sam était au travail. Ce n'était pas très pratique, en général il ne pouvait pas vraiment parler, son bureau étant vitré ; le plus souvent il coupait les projecteurs, ce qui donnait à la communication un tour désuet. Il chuchotait, en bras de chemise malgré la climatisation, penché en avant pour garder à leur conversation un caractère privé. Comme il ne la voyait pas, son regard errait sur son clavier, sa plante ou son bloc d'étiquettes adhésives. Pensif et touchant, isolé dans son bureau ouvert et, pour le coup, étrangement abandonné à elle. Ses collègues avaient suffisamment jasé sur la lubie polaire de son épouse pour que son irruption en combinaison orange, le nez brûlé de gel devant une radio de campagne, puisse être perçue comme non appropriée.

Ensuite Edmée venait en salle de vie leur dire que c'était prêt — chacun avait un ordre de passage — et elle distribuait les dépêches internationales : politique, guerres, commerce, parfois des infos scientifiques ou des petits faits amusants. Elle accompagnait le premier de la file dans sa cabine. Elle était venue ici pour se dépayser à défaut d'aller sur Mars ; mais elle prenait goût à voir surgir ces femmes et ces enfants, avec les bébés qui montraient du doigt leur père et les plus grands qui demandaient un zoom sur les bottes fluo ou un coup de caméra sous le velcro de la fenêtre. Est-ce qu'il y avait des ours ? Est-ce qu'on dégelait des extraterrestres ? Certains pères filmaient, dans la journée, et Edmée en retransmettait parfois deux minutes, c'était une faveur, les carottages réussis ou les cinq soleils ou les énormes plats de pâtes et comme on mangeait bien ici. Mais il y avait rarement assez de temps satellite, alors les pères racontaient comme ils pouvaient.

C'était le soir à Tallinn, avec des pommes de pin décorées aux fenêtres — Noël —, une lumière rouge dans une cuisine coquette, une femme blonde. C'était le matin à Vladivostok, une robuste femme en uniforme bleu de la douane de mer — sur le port : on entendait des mouettes, on voyait un bout d'eau grise, des dalles de béton à ses pieds. Il neigeotait. Le moteur 3D ramait un peu et des flashes blancs zébraient la cabine, quel relief a un flocon de neige ? Il y avait aussi de vieilles femmes cadrées trop près ; des chiens, des chats ; des draps d'hôpitaux ; des lave-vaisselle tout juste livrés, des dessins d'enfants ; des pulls qu'on tricotait et qui s'allongeaient. Edmée avait parfois envie que les femmes se déplacent, qu'elles montrent autour d'elles ; mais tout son art était de rester discrète. On s'embrassait, et elle regardait ailleurs dans les cinq mètres carrés toilés de sa cabine. Parfois on lui disait bonjour, on demandait de ses nouvelles, elle se penchait pour sourire plein cadre dans des salons espagnols ou danois. La plupart du temps, on l'ignorait, et c'était très bien comme ça.

Parfois ça les remuait, ses collègues : la distance, l'éloignement ; quand l'image s'éteignait, il arrivait qu'Edmée prenne quelques secondes sur le temps satellite pour leur remonter le moral, leur dire qu'elle aussi, son mari, et que six mois dans la vie d'un couple, qu'est-ce que c'est ? Le Lutin essayait toujours de grappiller quelques secondes ; il faisait rire Edmée pour obtenir du temps d'avance ; mais dès que l'hologramme de sa femme éclairait la cabine — lumière parisienne, mobile et bleue — Edmée n'avait plus qu'à ranger ses bottes sous sa chaise pour que les caméras l'englobent le moins possible. Le Lutin était de l'autre côté de la Terre. Son visage s'effaçait. Sa combinaison orange restait assise sur la chaise comme une coquille vide, et lui était assis dans sa cuisine en compagnie de sa femme, ou il faisait sauter son fils sur ses genoux, ou il se glissait sous les draps du lit conjugal, oui, elle allait placer les caméras jusque là. Et le français qu'ils parlaient ensemble était une langue qu'Edmée n'avait jamais entendue, cris d'oiseaux, mimes et mélodies, grimaces, harmonica et flûtes, parfois *tsim boum* de fanfare. Sa femme éclatait de rire ou pleurait, parlait beaucoup, et le Lutin faisait exactement de même à des temps différents. Ils reprochaient et cajolaient et enlaçaient et foudroyaient et chantaient et clapotaient et dansaient, des pas extraordinaires. Parfois leur fils entrait dans la danse, à quatre pattes entre eux, si rapide que ses petits pieds et ses petites mains manquaient souvent à l'image. Ils tournoyaient et formaient une sphère de laquelle Edmée se sentait s'éloigner à des vitesses de plus en plus menaçantes. Et elle avait beau bidouiller la console ou faire mine de régler l'image, ou guetter les messages d'urgence qui auraient pu l'obliger à couper, elle écoutait de toutes ses forces cette langue inouïe.

L'homme qui sortait de ces séances, elle ne le reconnaissait pas. La tête en pièces, distendue, de face et de profil à la fois, il essayait de remettre son bonnet par-dessus. Elle les laissait seuls parfois, lui et elle ; se réfugiait en salle de vie, malgré le désagrément de ces allers et retours dans le froid. Il y avait quelque chose d'anormal, quelque chose qu'elle ne supportait pas, entre cet homme et cette femme. Quand elle regagnait sa cabine, la chaise du Lutin était poussée où se formait l'hologramme ; et elle l'imaginait, les bras en cercle autour de son épouse, les lèvres ouvertes, le corps tendu, la bouche vide, et elle se crispait comme quand on mord dans une glace trop froide.

Ensuite défilaient Jan Perse, qui avait plusieurs femmes et les appelait chacune à leur tour, Claudio et sa famille à Florence, l'homme de Queen Mum sur une plate-forme pétrolière, et Dimitri, le Russe. Elle aimait bien la compagnie de Dimitri et de sa robuste moitié en uniforme de douanière. C'était le redoux à Vladivostok. Le redoux et l'aube. Des congères de neige noire fondaient goutte à goutte sur le béton. Dans les flaques il y avait des mégots, des allumettes, des graviers, un prospectus plié en quatre, un trognon de pomme, et de la matière noirâtre en suspension. Une pellicule translucide irisait l'eau comme de la paraffine. Quand la connexion se faisait, la femme était en train d'allumer une cigarette — c'était ce qu'on voyait apparaître en premier, la flamme, et Dimitri se penchait en avant, les coudes sur les genoux, plissant les yeux d'un air douloureux. L'uniforme, par son austérité même, se mettait en place d'un bloc, puis les emplacements clairs du visage et des mains, et l'expression, et le ciel, et la dalle de béton et les flaques, proches et nettes, dans lesquelles Edmée s'absorbait. Quand les bottes de la femme y pataugeaient, la pellicule blanchâtre se fendait par plaques, avec des bords en zigzag. L'air de la cabine s'alourdissait à mesure que défilaient les hommes, il faisait de plus en plus chaud, Edmée soulevait de temps en temps quelques centimètres de velcro et prenait une bouffée d'air glacé. Les deux Russes déroulaient les tresses de leur langue, et Edmée s'ennuyait paisiblement, bercée par les syllabes. Ces deux-là n'avaient jamais grand-chose à se dire ; l'heure ne convenait pas, peut-être. Ou alors le russe est une langue admirablement dense, qui exprime beaucoup avec peu d'épanchement. *Matriochka spassiba samovar Tolstoï,* c'est ce qu'elle savait dire en russe, Edmée. Et *lioub* quelque chose, un son mouillé, un vague souvenir de *je t'aime* (enfant, cette poupée qui disait *je t'aime* en vingt-cinq langues).

La cigarette raccourcissait ; volutes inodores. La conversation se dévidait, tranquille, de l'eau dans la bouche et de l'air sifflé, des *ou,* des *r,* de petits éboulements, des remontées inattendues. Les mains de Dimitri tremblaient et son front restait douloureux, c'était peut-être de ne pas pouvoir fumer, pour beaucoup de fumeurs c'est difficile de s'abstenir au téléphone. La fumée s'égarait autour de sa compagne, mais s'arrêtait net le long d'un cadre qui découpait aussi le ciel et le béton, ciel juste un peu plus foncé aux angles, béton un peu plus sombre, à cause de l'écho. Edmée s'appliquait à trouver le bon réglage, le visage était le plus important ; quand tout était stable, elle retournait aux flaques. La femme allait bientôt lâcher sa cigarette, l'écraser du talon ; et la conversation serait terminée. Elle sortirait de l'image pendant que Dimitri se lèverait ; lui vers le dortoir ; elle vers le bout du quai, sans doute. Cris des mouettes. Entrer dans l'hologramme, et suivre les lourdes bottes, patauger dans les flaques, *splash.* Voir la mer. Voir passer des oiseaux. Se rappeler les moineaux, les merles. Aller acheter du pain et rentrer le long des jardins. Si nous n'étions formés que de mémoire, oui, nous pourrions sentir fondre la mie sous nos dents et nous entendrions les oiseaux et nous respirerions les fleurs et le vent, avec Edmée Blanco.

Le travail d'Edmée s'arrêtait officiellement à 23 heures, heure locale ; heure arbitraire, puisque toute heure tournant en rond aurait pu convenir à la marche de ce soleil. Il restait souvent un peu de temps satellite avant que le Pôle ne quitte la zone couverte. C'était un satellite indien, le seul à naviguer si bas, et toutes les lignes holophoniques passaient par New Delhi. Une fois, une erreur d'aiguillage avait connecté Edmée avec quelqu'un, là-bas, et ils s'étaient amusés à se donner des nouvelles du temps. « *It is cold and very very far* », avait dit Edmée pour décrire l'endroit d'où elle appelait, et l'autre, tout au bout, avait dit : « *Like Mars.* » Personne ne sait où est l'Antarctique. Tout le monde est obsédé par Mars parce qu'ils vont bientôt se poser là-bas, les champions. Sam ne travaillait pas directement sur ce projet, mais il en parlait aussi, bien sûr. Edmée réussissait souvent à se reconnecter avec Houston avant le décrochement. C'était un temps de mauvaise qualité, Sam se dédoublait, sa tête à plusieurs centimètres de son corps. L'intérêt était qu'il pouvait la projeter, elle, sans doute aussi zigzagante, mais le bureau se vidait à ces heures et il fallait en profiter. C'était pénible de ne pas pouvoir se voir à la maison, le matin, ou le soir bien tranquillement. Le temps local avait été décidé sur des critères professionnels ; pour pouvoir être en contact à des horaires décents à la fois avec la côte, l'Europe, l'Amérique du Nord et l'Australie. Ça donnait un temps entre-deux, mi-figue mi-raisin, pour satisfaire tout le monde. Pendant six mois elle verrait donc Samuel en chemise et cravate — sauf le week-end, évidemment, mais le week-end c'était la ruée, tout le monde voulait téléphoner, surtout ceux dont les enfants étaient à l'école, sinon.

Elle s'arrangeait un peu, refaisait sa queue de cheval et souriait. Le faisceau démarrait. Décrire les cinq soleils, en quelques minutes ; la neige nue ; le jour sempiternel ; le fait qu'on avait plutôt trop chaud que trop froid ; l'hygiène précaire, le maigre filet d'eau des douches et l'odeur des incinolettes ; l'alarme de la centrale, surtout la nuit, qui lui faisait bondir le cœur (et elle pensait au Fou, obligé de s'habiller en quatrième vitesse et de sortir dans le grand soleil de deux heures du matin) ; le paysage autour de l'antenne ; l'éolienne, lente comme le soleil. Oui, on pouvait dire que c'était beau, mais ce n'était pas très gai. Oui, elle était contente de son voyage. Non, elle ne s'ennuyait pas. Ça lui faisait du bien de retravailler un peu, oui, ça lui faisait du bien. Est-ce que c'était bizarre d'être la seule femme au milieu de tous ces hommes ?

(Nous nous rapprochions, *frttfrtt*, empilés entre Sam et Edmée)

Non, elle n'y pensait pas.

Les glaciologues foraient, ils en étaient à trois mille mètres, mieux que les Américains, ils espéraient atteindre le lac d'ici à deux semaines. Les ouvriers, eux, étaient attendus d'un jour à l'autre. On allait s'entasser un peu plus, et double travail pour elle au standard, mais ça ferait du bien de voir de l'activité sur le chantier.

Le lac ?

Le lac des profondeurs, le lac entre le lit de roche et la glace, le lac sous nos pieds, très loin, une eau intacte, une eau des origines

Elle entendait le bourdon de la climatisation dans le bureau de Sam, il rendait perceptible celui de la centrale, ici, auquel on ne faisait attention que lorsqu'il s'arrêtait. Sam la regardait, ou ne la regardait pas, selon la possibilité de matérialiser son image. Comme elle était seule désormais, seule avec Sam, elle s'autorisait à rester en tee-shirt, s'éventant avec ses moufles. Un mince filet d'air passait par les velcros mal joints et lui tombait sur la nuque comme un couperet de glace. Sam la regardait, avec le même pli douloureux que Dimitri, le même point d'interrogation entre les sourcils : elle, sa combinaison orange roulée sur les hanches, ses seins, ses auréoles de sueur sous les aisselles par − 40° et sa console de radio rafistolée au scotch ; ou bien il regardait son clavier, ses propres mains, l'air transparent devant lui. Et selon que son regard s'arrêtait à mi-chemin du sien (comme dans un miroir le regard se rencontre à égale distance de la pupille et du reflet) ; à mi-chemin par-delà la courbure de la Terre, avec un infime retard entre le son de leur respiration et le mouvement de leur poitrine ; ou selon que son regard se perdait dans les replis de l'air et projetait des formes, des éclats, des souvenirs — elle lui disait, ou pas, qu'il lui manquait.

Passaient des petites filles en rond. Passaient Bordeaux et la Gironde et Vancouver et Georgian Bay. Passaient la fontaine du lotissement et les tricycles et la balançoire. Derrière Samuel, à travers les parois vitrées de son bureau, elle distinguait le halo toujours bleu du ciel sur Houston. Elle s'approchait de l'image (surtout s'il ne la voyait pas) et elle cherchait à mieux voir, les arbres, le grand parc sous les fenêtres de la Nasa. Les photogrammes sautaient, la tache verte du parc tremblait, paillettes, pelouse. À entrer dans l'image les objets s'écartaient, tout devenait vert, jaune, bleu, et le relief de Sam se déformait, sa bouche partait vers le fond, ses bras filaient sur les côtés comme des lianes. Il était dérisoire d'essayer de se toucher, de danser ensemble comme voulaient le faire le Lutin et sa femme. Les très jeunes enfants courent vers leurs parents hologrammes et traversent les pièces comme des bolides, *boum*. Elle se rasseyait. La Terre basculait, et l'angle Pôle/satellite s'ouvrait jusqu'à la rupture. Samuel se divisait en deux parties, fendu au niveau du plexus et grésillant. Le Pôle quittait la zone de contact, et Edmée imaginait qu'il se détachait de la planète. De plus en plus de lignes sautaient, des mailles filaient, les mains de Sam se détachaient de ses poignets et formaient des boules floues, autonomes. Le haut de son crâne était scalpé, bientôt sa bouche disparaissait, il ne restait plus rien de son bureau ; et sa voix ralentissait, un disque de leur enfance sur la mauvaise vitesse ; il devenait incompréhensible, elle lui faisait au revoir de la main et *pop !* la cabine était vide.

*

Pete Tomson désœuvré se penche sur l'œilleton du carottage. Il ne voit rien, évidemment, puisque l'œil humain ne peut rendre compte d'un boyau long de trois kilomètres et pas plus large que deux mains en cercle, d'un carottage, donc, surtout qu'il y a encore quelques semaines le mot « carotte » n'évoquait pour lui que « légume » et « orange ». Bref, le trou, un écran 3D en donne une vision synthétique, quant à la propreté de ses parois, surtout, puisqu'on remontera l'eau du lac par là — *with fingers crossed*. Comme on approche du but on a abandonné foreuse, rotors et lubrifiants, pas question de polluer l'eau avec du glycol ; on descend une tête chauffante *hi-tech*, qui fond proprement la glace au bout d'un câble. Peter a parfois des flashes d'angoisse à l'idée que tout ce qui tourne ici, tout ce qui cahote et cliquette, moteurs de poulie, dévideurs, tête chauffante — la centrale y pourvoit. La vibration des engins, la mine grave des glaciologues penchés sur leurs écrans — sur ce trou — c'est autre chose que l'ordinaire de l'eau aux robinets. Les tronçons de carotte sont classés dans un congélateur selon l'ancienneté de la glace : moins mille ans, moins deux mille ans… à mesure qu'on descend on croise les Romains, Cro-Magnon, Lucy — et puis plus personne sans doute, des

116

dinosaures, des algues, des amibes, et puis vraiment plus personne, n'importe quoi, des gaz, de la lave, de l'inimaginable, du truc, rien qui offre une prise...

Peter Tomson regarde remonter les tronçons. On l'appelle quand on en tient un, on sait que ça l'intéresse, c'est une petite fête, champagne décongelé et gâteaux ultrasecs. Bientôt la pression sera telle, dans les profondeurs du trou, qu'il faudra le tenir fermé sans cesse, régler la tête chauffante pour que la glace reprenne instantanément derrière elle, dans une sorte de jointure idéale. Sinon, à peine le lac touché, l'eau jaillirait avec une puissance telle que la base en serait balayée (*geysir*, songe ce qu'il y a d'islandais en Pete Tomson). Finalement il n'est pas le seul à avoir le sort de la base entre ses mains. Le Lutin, mine de rien, avec ses carottes et son lac, pourrait la rayer de la carte, à supposer qu'elle soit sur une carte. Bref. Pete Tomson regarde remonter la glace, et nous soupirons, ça nous rappelle le temps où il n'y avait rien, où il n'y avait même pas le temps... Et ça rend Peter philosophe, ces longs tubes de temps brut ; de temps congelé, de temps bleu, que les glaciologues extraient millimètre par millimètre, précautionneusement entre leurs mains gantées. Tout le monde se tait, chacun songe qu'il n'occupe qu'un micron de la longueur du tout et mâche sa métaphysique entre molaires du haut et molaires du bas. Ça lui revient, à Pete Tomson, tous ces colifichets dont on l'a recouvert depuis sa naissance, gourmettes, chevalières, médaillons, photos, mèches de cheveux, et puis la montre de son père, et le solitaire de sa mère, et la chaîne en or de sa sœur — au moment d'être balancé dans le vide il était bien lesté, le petit Peter (cette histoire qu'il lisait, adolescent, les cosmonautes éjectés de leur capsule, avec une seule heure d'oxygène en réserve), et vingt-cinq ans plus tard il est penché au-dessus de ce trou — échafaudage, palans, tapis roulant, on ne voit pas de trou du tout, ça ne ressemble à rien de ce qu'il imaginait — et il se dit qu'il n'y aurait pas plus profond, plus froid, plus secret, pour jeter par-dessus bord tout son petit matériel.

*

Qu'est-ce qui le maintenait au sol, à part l'activité de ses cellules ? Où étaient les haubans, les câbles, l'armature ? Quel décor imaginer autour de lui ? Il ne venait jamais téléphoner. Edmée l'observait aux repas, le Fou, le Yogi, Peter. Il ne riait pas quand Jan Perse mimait la sérénade à genoux devant elle et finissait par hurler EDMÉE ! HEDMÉE ! ! en se roulant par terre. Pourtant rire était la seule option. Mais des bombes s'abattraient autour de lui qu'il s'époussetterait d'un air ennuyé. « Le Fou », c'était le nom qui lui restait le plus solidement accroché, comme les guirlandes de débris aux branches après une inondation. C'était aussi cette façon de l'ignorer, elle, Edmée ; plus qu'une faute de goût, c'était une faute professionnelle, il prenait le risque de casser l'ambiance, de faire sauter les gonds bien graissés du huis clos. Les consignes en matière d'Edmée, bien que tacites, étaient aussi claires que les protocoles en cas de panne générale, d'évacuation ou d'orage magnétique.

Sa façon de regarder dehors, dans le vide, comme tout le monde ; est-ce qu'on pouvait en déduire des amours, des désirs ? Des souvenirs ? Des crimes ? Ne serait-ce qu'un pays ? Son passeport était islandais, mais ça ne collait pas. Quel arrière-plan apparaîtrait dans la cabine s'il s'y présentait enfin ? Une déesse indienne à plusieurs paires de bras ? Un souk ? Un samovar ? Des orangers, des oliviers ? Une cabine sonnant à vide ? Ou un de ces phone-shops bondés, au sol souillé de mégots, aux parois couvertes de publicité pour holosexe ? C'était presque plus facile de l'imaginer sous des bombes, de le situer dans un désastre, dans une de ces guerres locales dont on a peu d'images. Là peut-être se trouvait son milieu naturel, son *biotope*. Les décombres lui étaient peut-être ce qu'était à Edmée son lotissement. La ruine, l'accident total, cet anonymat-là. Ça croulait, sous les yeux d'Edmée, ça fumait, ça débordait, pendant les conversations longuettes de Claudio avec sa Claudia ou de Queen Mum avec son roi.

Si elle faisait valser ses lunettes — non, si elle les lui ôtait doucement. Elle découvrirait ses paupières closes ; sous lesquelles roulerait l'œil, comme rêvent les chats. Il la regarderait et il lui sourirait en silence, voilà, et il se lèverait et il l'inviterait à se lever, il lui tendrait la main. Valse. Entre les joueurs de cartes et les amateurs de vodka, valse. Musique, musique montant par les orgues de la glace, soufflant par les crevasses et note à note par les trouées des carottages, *tût tût*. Et nous, dansant en rond autour d'Edmée et de Peter, dansant et criant « *bis !* » et déployant nos corps de limbe et leur soufflant des vertiges aux oreilles.

*

Un des seuls points communs entre le lotissement de Douglastown et la base du Projet White était le prisme arc-en-ciel qui couronnait le soleil. À travers le jet des arroseuses, sur les pelouses du lotissement, le soleil de Douglastown annonçait les couleurs du Pôle. Les arroseuses perpétuelles, les arcs-en-ciel de l'eau municipale, c'était ce qu'Edmée voyait de sa fenêtre au réveil : une-maison-une-pelouse-une-maison-une-pelouse. Le moutonnement des arbres du jardin public. Le bassin carré de la fontaine. Quelques piscines dans l'allée la plus riche. Au loin, les tours de Houston. Et plus au loin encore, vers le Sud, ce qui restait de l'ancienne mangrove, une ligne vert sombre et la brume de mer. Crocodiles. Quand Edmée descendait dans sa cuisine pour se faire du thé et nettoyer les restes du breakfast, elle voyait, un cran plus bas, le terrain de jeu encore vide à cette heure, et un tronçon de la piste cyclable qui reliait, en spirale, toutes les maisons du lotissement. La balançoire et la fontaine étaient au centre exactement du lotissement, et Edmée Blanco aimait à penser que vue par satellite, sa position géographique dans l'architecture du lotissement était centrale aussi. Pour le même budget, Edmée aurait préféré habiter *downtown*, dans n'importe quelle tour, mais il n'y a pas de vrais commerces *downtown*, et le soir ce n'est pas très sûr, et Samuel était enfant dans le New Jersey lors du 9/11 et on ne le ferait pas vivre à demeure dans un immeuble de plus de trois étages. Il y avait ce côté européen chez Edmée Blanco, dans sa façon d'aborder la vie, l'espace, l'Amérique, qui faisait partie de son charme mais qui, elle en était consciente, la poussait parfois à compliquer les choses les plus simples. Elle avait moins peur, par exemple, de circuler dans le centre-ville la nuit ou même de s'embarquer pour le pôle Sud — puisque rien n'avait pu lui ôter cette idée de la tête — que de s'imaginer vieillir à Douglastown. Était-ce la similitude de toutes ces maisons ? Le calme des après-midi ? Après l'affaire Higgins, elle aurait dû assister comme tout le monde aux séances de *debriefing* psychologique — mais là encore, elle n'en avait fait qu'à sa tête.

Un jour elle avait ouvert la porte à un vendeur ambulant. C'était un matin, peu de temps avant qu'Imelda Higgins ne tue tous ses enfants. Postée dans sa chambre au premier étage, Edmée l'avait vu venir de loin. Personne n'ouvrait, bien entendu. Il était à pied, et il portait un grand carton à dessins. Il sonnait aux portes, les Falcone, les Stuart, les Higgins, et il avait fallu que ce soit Edmée qui lui ouvre. Il ne s'agissait pas de dessins mais de vues aériennes de la zone. Les rues étaient classées par numéros et on pouvait facilement s'y retrouver. Curieusement, Edmée ne s'était pas intéressée à sa propre maison — prise un matin : la voiture de Sam est encore dans l'allée et la couette s'aère sur le rebord de la fenêtre. Non, Edmée Blanco avait préféré une vue globale du lotissement, prise d'un peu plus haut, avec le carré bleu de la fontaine, le terrain de jeu, le premier rang de maisons (dont la sienne, avec la minuscule pastille de la couette), le deuxième rang, et le troisième et ainsi de suite jusqu'au sixième, le colimaçon de la piste cyclable, la croix des quatre voies d'accès, et le début de l'échangeur avec la voie rapide vers Houston. Une sorte de logo pour secte solaire, ou de cible. La Buick décapotable est chez les Stuart, rang 3. Les vélos et tricycles sont garés dans l'allée des Higgins, rang 2. Il n'y a encore personne dehors, tout est luisant et vide, il fait beau, les pelouses scintillent, les arcs des arroseuses sont visibles par endroits, indigo, bleu, vert, jaune, orange et rouge. On peut imaginer Edmée et Samuel encore sous leur toit, si on le soulevait ils seraient minuscules, elle lisant en peignoir sur le lit défait, et lui mangeant ses œufs dans la cuisine. C'est une heure agréable, fraîche, *pleine de promesses*. Bref, Edmée avait réglé cette vue en liquide, trouvé un cadre chez Hallmark, et posé le tout sur la télé du living. Ses amies du lotissement adoraient venir y repérer leur maison. C'était là une des excentricités dont était capable Edmée Blanco : de cette photo jusqu'au pôle Sud le chemin était direct.

Nous, les fantômes, nous aimions bien venir aussi nous y lover. On pouvait imaginer là le centre de quelque chose, le centre-ville d'Edmée

Blanco. Ce n'était pas un mauvais endroit pour habiter, ce n'était pas comme habiter, mettons, sur le sixième rang, ou pire, aussi loin que l'échangeur. D'ici elle avait vue sur la fontaine, et c'était un peu, un tout petit peu comme voir la mer : une façon de respirer. D'ici elle pouvait rêver à la fenêtre, surveiller le terrain de jeu, et se distraire aux allées et venues des vélos. Puisque de toute façon, depuis le *big bang*, depuis le début du début, on ne faisait qu'être chassé de plus en plus loin par la force centrifuge de l'explosion ; puisque de toute façon, Samuel et la Nasa derrière lui l'affirmaient : le centre s'était perdu. Le noyau initial, le point zéro, le cœur du cœur, s'était — *pfut !* — pulvérisé.

*

Ça disparaît, comme une flaque s'évapore, bords rétrécis, absorbés dans le blanc... Puis ça revient, un trait qui grossit, qui se soulève au-dessus de l'horizon et semble ahaner... un instant proche, un instant lointain... Le ciel transparaît par-dessous, vibre... Les yeux d'Edmée pleurent. Les yeux ici ne voient rien, et les grincements aux oreilles sont ceux du fond de la mer. Le silence fait naître les fantômes, et les mirages leur donnent corps. Un carillon de gare, tout à coup, indique une heure abstraite... un message est diffusé : un appel ? On n'entend jamais rien dans les gares, foules et valises traînées, hautes charpentes métalliques, l'Europe, et cette odeur de quais gris... *How far I am*, la langue mentale d'Edmée s'indétermine. Elle gratte la parabole, *gratt gratt...* Lutte contre le givre... Quand elle relève la tête, elle distingue les véhicules de la caravane, les petits blocs nimbés d'une vibration optique rouge, comme si le surgissement, si rare, de quelque chose, devait être signalé et signalé encore... Edmée fait « *Ohé* » sans conviction, si le rôle de vigie lui est dévolu elle ne sent pas son cœur bondir. Quel est le protocole ? Les ouvriers qu'on attendait. Il va y avoir de l'animation sur le chantier. De nouvelles conversations. Il y a quelques jours, Edmée aurait senti un appel d'air en elle — annoncer la nouvelle — un petit hourrah dans sa poitrine, alors qu'elle souffle et transpire sur son sentier jusqu'à la salle de vie. Claudio prend ses jumelles. Ils sont encore à plusieurs heures de chenillettes. Tout arrive si lentement ici... le lever du jour, la tombée de la nuit, les voyageurs... Il y a le temps, pour décongeler le champagne et les petits gâteaux. Faut-il prévenir le chef centrale, qu'il force la chaudière en prévision du doublement des effectifs ? Claudio s'en occupe. C'est lui le chef.

*

Il regarde à nouveau le petit film français, pour tuer le temps. Mais ça ne l'amuse plus comme avant. Ce qu'il regarde maintenant, c'est la façon dont, mettons, l'actrice embrasse. Non qu'il pense que les Françaises embrassent d'une façon particulière. Mais on dit bien *french kiss*, en anglais. De quand date le film ? Pas écrit sur la boîte. Un film en 2D. Dix ou quinze ans à vue de nez. Les robes qu'elles mettent. Le rouge à lèvres. En regardant faire l'actrice, il se souvient que certaines femmes — parmi les femmes qui vernissent leurs lèvres — passent le bâton de biais, un coup en haut, un coup en bas ; d'autres ont un geste plus direct, frontal, de sorte que le biseau d'origine s'arrondit ; et d'autres enfin serrent les lèvres en faisant coulisser le bâton qui s'aiguise alors des deux côtés, en pointe — sa mère faisait comme ça. Ses rouges à lèvres abandonnés un peu partout, salle de bains, voiture, canapé du salon… et dans son atelier… Peter fait redescendre le souvenir dans son petit tube. Pas du tout envie de penser à sa mère. Il attend. Il songe. Il n'y a jamais rien sur la France, s'est plaint un soir le Lutin à l'heure des dépêches. « *Why, did they invent a new sauce ?* » Edmée a ri avec les rieurs, elle a l'air aussi française que lui est islandais.

La nappe de temps s'étale. La nappe de temps pâle, stationnée sur l'Antarctique. Un anticyclone de temps immobile ; avec pourtant la saison qui avance, le soleil qui commence à descendre, le froid plus vif le soir et les rayons jaunes à ras de regard. La mi-saison. Peter feuillette le journal de Scott : à la même date, 19 janvier, retour accablé du Pôle : « *Comment se fait-il que les sillons laissés par notre traîneau, qui datent de trois jours seulement, soient en partie effacés, tandis que ceux des Norvégiens, vieux d'un mois, demeurent visibles ?* » Bien différentes sont les pensées de Peter Tomson et de Robert Falcon Scott, à un siècle de distance ; mais il n'est pas difficile de croire que le même vortex

125

de temps mort s'enroule ici chaque année (nous affluons) ; que des creux explicites se forment sur les trajets temporels (nous affluons) ; et que seuls des vainqueurs comme Amundsen savent s'en arracher, fouettant les chiens et les heures.

Du calme. Nous enfilons des robes légères, des peignoirs de soie et de la peau nue. Nous proposons Edmée : Edmée par ci, Edmée par là. Peter nous congédie. Elle est ici et il est ici. Cette pensée — ces pronoms, ce verbe et cet adverbe, quelle que soit la langue dans laquelle il parvient à se les formuler — le repos qu'il en éprouve est formidable. Le repos glisse le long de ses paupières, de ses épaules, de sa colonne vertébrale. Il lui semble qu'un sourire énorme relève les bords de son diaphragme, soulève son plexus et élargit sa cage thoracique. Pause. Vide.

Lumière patibulaire du zénith à travers la toile. Il soulève le velcro. Grand soleil blanc glacé. Personne entre les bâtiments ; juste des flammèches de vent visible, miroitant. Le gel déboule en myriades, léger, rapide… Entité dévoreuse et multiple, partout… Six mois loin de tout lui avaient semblé synonymes d'un certain repos ; et repos, d'un certain bonheur. Repos et bonheur que ses parents — croit-il savoir — ont poursuivi sans relâche et sans aucun succès, sous d'autres latitudes, dans leur jardin et leur riche villa, avant que les bombes qui tombaient non loin, de moins en moins loin, ne finissent par leur tomber dessus aussi. Nous nous rapprochons encore. Les bombes et le reste. Il voudrait tant ne pas penser à ça, là, tout de suite. Il vient d'être touché par un autre repos ; mais ça a encore et déjà changé de forme. Inutile d'insister.

Il met un film au hasard. C'est un porno banal, un 3D à dominante rouge, une bite dans une chatte et *zim* et *zoum*. Il y aurait de quoi filmer quelque chose, ici, ennui et huis clos, base isolée et scénario indigent, *gang-bang* sur la standardiste — il chasse l'idée. Nous orientons différemment nos miroirs dans la lumière. La dernière fois qu'il a vu sa mère elle coulait des totems sur les pentes des volcans ; canalisait la lave dans des goulets de fonte pour la solidifier ensuite à l'air des glaciers ; et elle dressait ses créatures parmi les formes naturelles. Elfes, trolls, proscrits, sorcières. Les formes au pied des volcans en Islande, *ta mère est une immense artiste*. Il chasse l'idée, la chose. Faire le vide. Yoga. Avec l'alarme de la centrale comme ponctuation aléatoire, il a pris l'habitude. Le *uiii uiii* des pleurs de nourrisson. Ou les tirets sonores d'une ligne occupée : même plus d'adrénaline. Il s'amuse à battre ses propres records, comme sur un circuit de Formule 1, trois minutes pour colmater un joint, six minutes pour filtrer le fuel, quatre minutes pour laver le réservoir, deux minutes pour gratter une bougie — les pannes, il les a bien en main. Bon entraînement pour rester calme, pour sentir le temps décélérer, battre à nouveau au rythme de ses artères… mais maintenant il attend. Le soleil pend en haut du ciel comme une horloge. Et lui au bord du cadran.

*

Il ne neige jamais. Les dépêches météo signalent, à trois cents kilomètres de là, des blizzards. Ici : rien. L'endroit météorologiquement le plus statique de la planète. Le point central, le chas de l'aiguille. Le Pôle. Que le carrefour des lignes géographiques ressemble à ce point à une périphérie ; que le kilomètre zéro soit un lieu aussi désert ; voilà qui convient à l'idée qu'Edmée se fait de l'ordre du monde. Un épicentre détectable par un silence total. Il paraît que l'hiver sibérien est aussi froid que l'été polaire ; mais humide, très humide, alors qu'ici l'air sec crépite. Si humide, qu'une lourde brume monte de la neige, une brume cotonneuse qui se fend au passage des humains et demeure… Des heures après, on sait qu'est passée une créature debout, parce que la forme d'un homme qui marche flotte, en creux, un canal pâle… Ici il y a la lumière blanche qui parfois prend tout le ciel, jusqu'au sol qu'elle ensevelit. Et le vide est si intense, que ce qui arrive laisse une trace, il en demeure quelque chose dans l'espace : dans le silence, dans le blanc, le vide se peuple aussi, Edmée le sait.

*

Partout sur la planète tombe la poussière des étoiles, c'est l'astrophysicien Ukla qui l'explique à Edmée. Lui aussi a bien voulu du thé. Et Peter s'est tortillé devant sa tasse et il a mis ses bottes, ses surbottes et sa capuche, et il a dit : « J'aurais un coup de fil à passer, ce soir. » Bien qu'on ne lui ait rien demandé, il a continué (sous-gants,

gants, moufles) : « C'est assez urgent, c'est pour la centrale. » « Passe en premier, alors », invite Edmée, et tout de suite elle regrette : c'est « en dernier » qu'il aurait fallu dire. Quand les autres dorment. L'idée demeure, flotte... flotte et demeure, alors qu'il est déjà ressorti dans le froid, vers la salle vidéo vraisemblablement. *Partout sur la planète tombe la poussière des étoiles.* Ah ? dit Edmée. H-Oui, dit Ukla. (Il est arrivé avec les ouvriers, l'altitude le fait encore souffrir et il a le souffle court.) « Sur les trottoirs des villes, dans le fond des océans, entre les herbes de la savane ; mais aucun autre endroit de la planète n'est aussi propre, aussi impollué qu'ici pour les récolter. On m'a même alloué un scooter, pour m'éloigner de la fumée des incinolettes. Ah ? dit Edmée. Oui, dit Ukla. La vie vient sans doute des étoiles. Moi je travaille à la surface. Un seul petit caillou vient forcément du ciel parce qu'ici, il n'y a que de la neige. Si jamais tu en trouves un, il faut absolument me le remettre. » (Si elle revient un jour ici, Edmée apportera des cailloux, elle en remplira ses poches et elle les sèmera, tel un Petit Poucet au pied des arbres invisibles.) « Tu n'imagines pas ce qu'on trouve dans la neige. À dix mètres de fond, les fumées du début de l'ère industrielle. À trois mètres, les cendres de la Soufrière. Tu enfonces ta main jusqu'au coude et tu ramènes celles du World Trade Center. Mais si tu creusais beaucoup plus profond, plus profond encore que les glaciologues, tu aurais les climats de la Préhistoire, l'évaporation des océans primaires, les parfums des forêts qui couvraient le

Gondwana ! » Edmée essaie d'entendre si la télévision est allumée, en salle vidéo. « C'est comme un arbre, dit Ukla. Tu tranches la neige et les strates te donnent son âge, et dedans il y a des météorites, parfois. Des météorites des débuts de l'univers. » Edmée finit son thé et se lève. Où aller ? Où sommes-nous ? Quel jour sommes-nous, que faire ? Ils ne devraient pas tarder, là-haut, à se poser sur Mars. Mi-janvier, ils avaient dit. Ça fera une distraction.

*

Le paysage se déplace autour de Pete Tomson, et nous avec. L'énorme bruit de ses pas — crissement de la neige, frottements de la combinaison — sa respiration, la pulsation de ses artères. L'énorme dérangement causé par sa seule présence. Par la chaleur qu'il dégage. Le titillement qu'il ressent sur sa nuque, l'œil ouvert au-dessus de lui, c'est ce soleil constant, le jour tel qu'il s'éternise ici. Le rayonnement forcit, la neige scintille autour de lui, une brume de cristaux, très blanche… Dans deux minutes il n'y verra plus rien. Il se dépêche, froid, le bruit augmente, le souffle, ses propres pas, la forge dans sa gorge — la brume lumineuse monte, à hauteur d'homme, s'il levait les bras et ouvrait des yeux au creux de ses paumes il verrait, en hauteur, il se dégagerait…

Des formes l'entourent, chuchotent. Elles se dissipent si Peter bat des mains, s'effilochent, se reforment plus loin… Cesse de donner des

130

coups de pied dans le vide. Quelqu'un appelle. Quelqu'un crie, une voix féminine, très distincte. Ce n'est pas Edmée. Edmée est le nom qui bondit dans le cerveau de Peter, mais ce n'est pas Edmée. C'est quelqu'un d'autre, qui appelle et qui a besoin d'aide. Cesse de donner des coups de pied dans le vide, ils vont savoir que tu les vois, cesse de te boucher les oreilles, tu les entends et ils vont t'encercler à jamais. Une attaque de fantômes — comme il y a des attaques cardiaques, des crises de nerfs, des dérèglements climatiques et des tempêtes solaires, loi des séries et prix à payer. Voilà ce qui est arrivé à Scott. Il n'en dit pas un mot dans son journal, trop peur de devenir fou, mais pendant tout le voyage ils ont subi de semblables attaques, leur traîneau était suivi par une caravane fantôme. Tombé dans un vortex de temps, Scott, et une météo insensée, alors qu'Amundsen filait sous le soleil.

La brume desserre légèrement son emprise. Ça veut dialoguer. Ça veut proposer quoi — un pacte ? À quoi tu pensais, en venant ici ? À quoi tu t'attendais ? À te voir de loin, un petit point à la surface de la neige ? À mesurer ton insignifiance sur la plus morte des terres à part Mars ? À te dissoudre dans la brume, t'atomiser et disparaître ? *This is the way.* Ils t'ouvrent les bras. Ils t'attendent. Ce que tu voulais savoir, ils vont te l'apprendre.

Une forme blanche, seule, se tient debout. Peter avance vers elle. Voilà ce qu'on risque, à laisser ses traces dans la neige. Voilà ce qu'on risque, à ne jamais passer un pauvre coup de fil à sa famille. Peter s'avance vers ce qu'il reste de sa sœur et il s'essaie aux deux syllabes : « Clara ? Clara ? »

Le toubib fume en regardant dans le vide. Jan Perse écoute de la musique au casque. Claudio contemple l'éolienne à travers la seule vitre en verre. Le Finlandais fait une réussite. Personne ne prête attention à Peter, la routine fait son tour de cadran, *à moins que décidément je ne sois l'homme invisible*, il enlève, *zip*, le haut de sa combi, et traverse la salle de vie comme nous, les spectres, dans un silence de roulement à billes.

*

L'astrophysicien Ukla se demande à quoi peuvent bien s'occuper tous ces gens, quand ils ne travaillent pas. À croire qu'ils sont de garde. Qu'ils attendent quelque chose. Qu'ils veillent. Est-ce qu'ils dorment, à l'heure de la nuit ? Lui n'y parvient pas. Il se sent horriblement seul, plus seul qu'il n'a jamais été sur la planète. Est-ce une sorte de bizutage ? Il voudrait juste pouvoir avoir une conversation sensée avec quelqu'un. Il est le seul scientifique à être arrivé ici en chenillettes, avec les ouvriers. C'est sans doute parce qu'il n'est qu'en thèse. Ne nous laissons pas divaguer. Encore douze semaines et trois jours avant que Léopold Ukla, d'Abidjan City, puisse serrer dans ses bras Maxime et Suzanne Ukla. *God bless them.* Ce thé l'a réchauffé, tout de même. Du courage pour sortir à nouveau. Bottes, surbottes. Cette lumière effroyable. Tracer un cercle de cinq mètres de rayon, à $2\pi R$. À deux cercles par semaine d'un mètre de profondeur, s'il tient le rythme il peut filtrer dans les cinq cents litres de neige, il serait vraiment maudit s'il ne tombait pas sur un ou deux petits grains d'étoile. Il pourrait soutenir sa thèse, enfin. Léopold Ukla s'appuie sur sa pelle, souffle, et voit Suzanne Ukla courir vers lui, suivie de Maxime Ukla en short — ils vont attraper froid. Léopold lâche sa pelle et étreint le vide. Est-ce l'angélus qui sonne ? C'est l'alarme de la centrale qui crie au loup. Est-ce qu'il doit se plier aux instructions et courir à l'abri ? Ou rester sur sa pelle et pleurer ? Il n'est que cinq heures. Encore quatre heures avant la connexion, avant de pouvoir les appeler.

*

Alarme. Edmée entrouvre la fente du velcro et observe le ciel à s'en brûler la rétine. Où est Mars ? Il n'y a jamais d'étoiles, ici. La Lune, parfois, quand l'éclairage le permet ; la nuit blanche et la Lune, reposante, qui certifie qu'on est bien sur la Terre. L'alarme se tait. Encore une fois, il a été rapide. Que fait-elle, d'habitude, à cette heure molle ? Elle ne sait plus. Le matin, elle a trouvé : gratter le givre. À une heure, on déjeune. Ensuite, quand il ne se passe plus rien, on peut toujours essayer de faire la sieste. Puis, le thé. Que faisait-elle, ces jours derniers, après le thé ? Elle devait lire ou bavarder. Un peu de ménage dans sa cabine, avant la cohue du soir. Nettoyer les lentilles des projecteurs. Un peu de lessive dans sa douche privée. Au lotissement, c'était simple : elle faisait du vélo. Elle prenait des bains. Elle attendait que Samuel rentre. Elle laissait s'égarer les heures. Comment superposer ces deux à-plats de temps, ici et le lotissement ? Quand il ne faisait pas trop chaud, elle poussait, à vélo, jusqu'au quartier des musées... bouffées d'air chaud, bouffées de l'air chaud coulissant sur ses bras nus, et les petites piqûres des arroseuses, elle s'amusait à passer dessous... l'odeur poignante de l'herbe... si verte... Devant les Rothko, le temps, au lieu de couler, s'étalait comme un lac, gonflait. Il suffisait de rester, en confiance avec les Rothko, et on était vraiment au centre du monde ; on oubliait qu'on était à Houston, dans la province de la planète. De temps en temps passait une voiture, un chuintement discret... Il fallait venir jusque-là, entre les pelouses étalées, les avenues vides, les villas de bois blanc, jusqu'au musée... Dans le bruit d'élytres des arroseuses, le ronron de la climatisation... les baies vitrées immenses... les ondulations de la chaleur à ras de bitume, à ras de gazon... le Sud impeccable et vide où dormaient les Rothko, où pulsaient les Rothko dans leur sommeil.

Edmée attend la connexion. Dans le journal de Scott il y a un passage sur leur emploi du temps, l'hiver, avant le grand départ. À neuf heures moins dix les lits sont faits, à neuf heures on mange le porridge, puis on dessert la table, on range la cabane, on prépare le matériel pour l'expédition, à une heure on déjeune, et si le temps le permet

promenade des poneys et gym pour les hommes…
et le soir on chante des chansons et chacun à tour
de rôle fait une conférence sur sa spécialité… et
le dimanche prières et ablutions. Des mois et des
mois de nuit, jusqu'à ce que le jour pointe, et
zou ! patriotiquement vers le gel et la mort.
« *Amundsen was here first* » écrit en lettres fantômes sur la neige entamée du Pôle.

Ici le but est moins clair. Chacun bidouille dans
son coin, les scientifiques comme les autres. Il
doit commander des joints, il l'a dit. Il semble
faire son travail sérieusement, lui. Est-ce qu'elle
fait bien son travail, elle ? Par exemple, est-ce
qu'elle n'abuse pas du temps satellite pour elle-
même ? De quoi parlent-ils, avec Samuel ? À
Houston, quand elle l'appelait au bureau, le
contact maison-Nasa suffisait à former comme
une cloche au-dessus d'eux, où leurs paroles ré-
sonnaient agréablement, avec rondeur et douceur,
comme des balles de mousse, une mousse de
compréhension, de fusion, comment dire… Sauf
pour l'enfant. Rien de ce qu'elle avait prévu ne se
passe. Ils ne se parlent pas mieux, ici. La distance
ne calfeutre pas mieux la bulle. Le gel, peut-être,
les craquements du gel. Un hiver de distance.
Après tout ce temps, combien, quinze ans, toute
sa vie d'adulte. Pourquoi elle pense à ça. Comme
dans ce jeu 3D qu'il aimait (à quoi occupaient-ils
leurs soirées ? l'oubli est tel qu'elle pourrait
croire qu'un filtre amnésiant se diffuse ici avec la
lumière) ce jeu où il faut dire la bonne phrase au
bon moment et au bon personnage (la vie irréelle
est à Houston, la vie réelle sur ce continent)

sinon les personnages se mettent en boucle et font de drôles de têtes, et on est renvoyé au début du scénario. Ici c'est pareil. Dans les bavardages de la salle de vie elle a vite appris à trouver le bon ton, et eux avec elle, la bonne attitude et les bonnes phrases, à jouer vite et bien, à tenir son rôle de seule femme au centre du continent. Sauf avec lui, évidemment, mais lui est toujours dans son coin. Quel rôle aurait-il dans le jeu 3D de Sam ? Edmée Blanco attend la connexion.

*

Le temps a pris la forme d'une cordelette tendue, avec des petits nœuds serrés et rapprochés. Sur chaque nœud le temps bute. Il se passe quelque chose en nous, les fantômes. Notre corps problématique, à densité d'uranium et d'hydrogène, se tend et se détend, s'alourdit et s'allège, se scinde, nous tournoyons… d'un côté, de l'autre, les fantômes d'Edmée et les fantômes de Peter, avec pour repère le pôle Sud : notre corps se fissure. Nous nous coupons en deux. La cabine est chargée d'électricité statique. *Shlak !* Éclair blanc-bleu quand Edmée plie son sac de couchage. Ranger, aménager la couchette en divan, elle offre du thé, maintenant, Edmée, à ses holophoneurs, elle a récupéré une petite bouilloire et des tasses en cuisine. Le monde se divise en deux : les buveurs de thé et les buveurs de café. Elle en est là de ses réflexions. La cabine bourdonne. Vivement le contact, d'autres paysages et d'autres voix, même à des milliers de kilomètres, Vladivostok, Tallinn, Milan et Singapour : quelque chose, un siphon, d'autres climats...

La cordelette de temps s'est mise à la verticale. Dans son corps, elle résiste. Les petits nœuds de corde à avaler, un à un, forment une nouvelle colonne dans le corps d'Edmée : des vertèbres de temps debout. Depuis toutes ces semaines le corps d'Edmée c'était : gorge sèche + transpiration + extrémités froides + muscles toniques (grattage quotidien de la parabole) + conjonctivite (ophtalmie légère) + aménorrhée conjoncturelle (perte des repères jour/nuit). Maintenant ce sont des secondes empilées les unes sur les autres, solides et dures. Quand la connexion se fait, quand clignote dans la cabine l'éclat vert-bleu de l'espace virtuel, Edmée veut courir prévenir Peter pour son coup de fil urgent. Mais un fichier apparaît, nommé « Mars », et elle comprend que c'est fait, qu'ils y sont. Le fichier dure douze minutes. Transfert immédiat des images en salle de vie.

*

D'abord c'est un sas de lumière rouge, un plongeon — swing des caméras lancées au bout de leur petit parachute. Sur les quatre, deux se perdent, objectif en premier dans la poussière épaisse ; une autre est bloquée dans un angle acrobatique contre un rocher (image renversée à 90° environ, sol martien à la verticale) ; mais la quatrième, elle, filme le module en plein dans l'axe. Il descend doucement... L'équilibre entre son élan et l'attraction martienne est subtilement calculé… *For the first time in the history of humanity* une base permanente va être construite sur Mars ! De toute façon Peter n'avait aucune chance d'être recruté pour Mars, mais tout de même, cette fébrilité, il s'en enfoncerait les ongles dans les paumes ; ça ne lui ressemble pas, il respire, une fois, deux fois… tout ça va retarder son coup de fil, encore neuf minutes de fichier. Le commentaire est incompréhensible, ils auraient pu récupérer un autre fichier, en américain de la Nasa, on est vraiment traité comme le cul du monde, quand on pense que la Terre entière a déjà vu ces images, sauf eux à cause du différé satellite, eux avec les quatre derniers Inuits non câblés et les douze derniers Papous… Peter jette un œil sur Edmée. Elle est assise à côté du Lutin, elle a l'air très concernée. C'est lent, ces derniers mètres. On dirait que des fils invisibles retiennent le module au-dessus du sol rouge. Barrières de roche au loin, peut-être ? Un capteur indique – 98°C, ils vont se les geler. Grand silence dans la salle de vie. Un film au ralenti, un film de n'importe quoi, du métal doré s'approchant d'une surface poudreuse, à la verticale dans une image, à l'horizontale pour l'autre ; et pour les deux autres images, un rouge très sombre, qui fond au noir. Il paraît que la poussière martienne est profonde et molle comme la neige fraîche. La caméra qui filme dans le bon axe montre peut-être un hublot, et à travers ce hublot bougent peut-être des formes, quelqu'un ferait coucou ? Mais le programme s'obstine à donner du relief à tout ça et c'est indécodable pour l'œil, à moins d'imaginer, de refaire. Le commentateur s'excite. Nécessairement ils n'ont eu droit qu'à une seule prise, Peter a les doigts qui fourmillent, faire « avance rapide », qu'on en finisse ! Le module va toucher, il va toucher. Edmée est écarlate dans sa combinaison. Ses yeux sont grands ouverts, elle semble lutter. Cette impression de savoir ce qu'elle pense. Qu'elle préférerait l'échec et le fracas, mais que tout aille plus vite.

Quelle chaleur. C'est à tourner de l'œil. À quoi ça peut bien ressembler, Mars ? Est-ce que c'est vraiment rouge ?… est-ce que c'est dû à la distance, à la diffraction de la lumière ou *whatever* ? Vertige, vague nausée… Le commentateur monte dans les aigus : le module touche, il ne se passe rien de spécial. Un nuage de poussière rouge… S'élève, forme une sphère, qui reste, un ballon… Ce n'est pas comme sur Terre, gravitation très faible… Tout le monde applaudit en salle de vie. Nous aussi, nous applaudissons, nos émissaires les accompagnent là-bas. Nous naissons sur Mars aussi. Le module se laisse encore apercevoir, l'espèce de papier-chocolat doré qui le recouvre brille… Alors ? La voix du commentateur tressaute. Et dans la salle de vie un petit rythme saccadé, *hic-ops, hic-ops*. Edmée a le hoquet. Peter se concentre sur la télécommande, par télékinésie faire « avance rapide » ? Il semble que la voix commence à meubler : les syllabes, peut-être, se détachent… s'allongent… le ton hésite… le temps s'installe dans les transitions… dans les blancs, un doute se fait entendre… ça y est, tout le monde dans la salle de vie est en train de comprendre. Peter et Edmée se regardent... On n'a toujours pas entendu la voix des astronautes. Une vibration, peut-être, parcourt le papier-chocolat. Sur la deuxième image, à 90°, on devine la porte, il faut pencher la tête. Est-ce que ça tambourine derrière ? Il semble que le module soit sur mode vibreur, comme un téléphone au son coupé. Le commentateur se tait puis reprend, toutes les dix secondes environ ; Edmée chuchote « *I'm sorry* » après chacun de ses hoquets. Les chaises grincent. Des briquets jouent, des cigarettes s'allument. Nous mettons en branle un mouvement centrifuge, nous nous regroupons autour d'un rire central. Le module penche. Il penche, de plus en plus. Lentement, ses pattes latérales quittent le sol martien. Il pivote, il bascule... il se couche sur le flanc.

Poussière, nuage lent. Du coup, sur l'image renversée il est à l'endroit, et sur l'image à l'endroit il est renversé, ça devient difficile à suivre. La perplexité creuse une ligne entre les yeux d'Edmée Blanco et Peter Tomson s'aperçoit qu'elle est intensément jolie. La consternation ondule à bas bruit dans la salle de vie. Peter ne peut détacher ses yeux d'Edmée. Est-ce l'éclat doré du module ? La belle rougeur de la poussière, qui irradie ses joues ? Une redistribution 3D de son image, à la lueur mouvante de la catastrophe ? Elle lui sourit. Personne ne fait attention à eux. Jan Perse et Claudio sont debout chacun d'un côté du module, penchés en avant ; bientôt, comme des enfants, ils vont tendre les doigts pour le toucher, le relever. Les autres décapsulent des bières et soupirent. On discute : c'est côté porte, semble-t-il, que le module est tombé. Le Lutin suggère un solide ouvre-boîtes, mais sa plaisanterie tombe à plat. La poussière rouge n'en finit pas de retomber, par lambeaux un vent inconnu la disperse. L'image s'éteint : fin des douze minutes. L'autonomie du module en oxygène ne dépasse pas les vingt-quatre heures, on argumente, quarante-huit heures peut-être. Une panne des circuits électriques, c'est le diagnostic de Jan Perse. Il prend Edmée à témoin, son mari travaille à la Nasa, non ?

Peter se lève. Il ne va pas passer son coup de fil tout de suite. Ce serait déplacé. Ça peut attendre demain. Nous nous levons à sa suite, *pop !* séparant notre masse de mercure des fantômes attachés à Edmée. Et nous, ceux d'Edmée, nous posons nos têtes sans poids sur son épaule et nous regardons Peter s'éloigner. Car il est dans notre nature de paniquer les formes, nos voiles sont des sacs d'embrouilles… Les retards nous font croître, nous flottons dans le sans-raison… Nous aimons à confondre, à mettre un mot pour l'autre : voilà notre vocabulaire. Naviguer dans le réciproque, trafiquer dans les mers sentimentales : malentendus rendus coup pour coup.

*

Devant l'immeuble de la Nasa se tient une cérémonie funèbre pour les astronautes martiens. Flash d'infos en différé. Edmée cherche Samuel

dans le public, mais les visages sont trop nombreux, le 3D rend les foules floues. La merveille,
c'est le parc, à l'infini dans la salle de vie. Chacun
ici semble souffrir d'une petite crise de claustrophobie, et des mains jouent avec les feuillages, on
déambule dans l'image du gazon, on voudrait respirer le parfum des fleurs. Pendant la minute de
silence, devant le Président main sur le cœur on
se recueille. On entend le bruit du vent, les
arbres chantent, les oiseaux pépient. Les arroseuses automatiques versent leur manne. Le monde
fait son bruit. La chaleur perle. Le vent doux
rafraîchit les fronts. Le ciel est bleu humide,
lourd, dense, sombre… Une seconde, s'asseoir
sur cette herbe et respirer, laisser sa main jouer
avec les brins… Comment était-ce ? Renouer avec
un monde ancien.

Mais ce monde n'a jamais existé, Edmée se souvient : elle a fui des sommes d'efforts inutiles. Ici
elle est légère. Ce froid lui plaît. Les arbres, elle
les reverra, et le gazon, elle s'assiéra dessus. Nous
replions les draps de la nostalgie. Le module martien réapparaît, ultime hommage, brouillé par le
rouge pulvérulent… Régler cette image, impul-
sion dans le corps d'Edmée, définir ce relief
absurde, faire adhérer le corps qui se lève et le
corps qui reste là, assis… dans cette fébrilité de
l'espace entre-deux Edmée attend et nous atten-
dons avec elle ; dans cette vacuité de l'espace
entre-deux elle nous croise, elle nous ignore.

*

III

Si le noir est l'absence de couleurs, la toile de fond entre les étoiles, le truc tendu dans la soupente de l'univers — le blanc est la fusion du rien. Toutes les couleurs s'y mélangent jusqu'à l'annulation du prisme. Les pensées, réverbérées, nous les entendons de loin — comme si nous les voyions de loin, Peter et Edmée, leurs échos nous parviennent avec un temps de retard… depuis ce matin qui s'éternise, comme s'ils s'éloignaient… On sait bien que c'est faux, que ça n'existe pas, mirages, troupeaux, rêves, vagues de la mer, forêts. Mais l'on voit ensuite se balancer les cimes vertes, et certains même l'affirment : on sent l'odeur puissante de la terre habitable.

*

Une autoroute urbaine passe sous les fenêtres de la cuisine d'Edmée. Edmée voit la fenêtre et elle se voit aussi, dans son peignoir offert par Samuel ; elle se voit de dos et de profil à la fois, à la fois dans et hors d'elle, c'est le point de vue des rêves, des fantômes et parfois des souvenirs. Sa propre expression lui échappe. Elle voudrait regarder par la fenêtre, mais il y a cette autoroute. Elle n'avait jamais pris conscience qu'elle était là, si proche, tellement proche que c'est collée à la vitre qu'elle passe maintenant, l'armature de béton et les roues des camions vibrent contre l'appui, à se faire happer la tête. Heureusement, la vue de la chambre n'a pas changé, la fontaine carrée est toujours là, tranquille et bleue. Edmée descend dans la fontaine, son peignoir s'alourdit. Les cahiers des enfants Higgins sont répandus à la surface. D'un effort de sa volonté, elle les rassemble pour les mettre à sécher. L'eau est délicieusement tiède, un peu plus fraîche dans les profondeurs. La pression augmente. À mesure qu'Edmée s'enfonce, son peignoir l'enserre, elle a du mal à respirer et ses tempes bourdonnent. C'est l'effet du manque d'oxygène, disent les glaciologues penchés sur elle. Avec beaucoup de précautions ils vont tenter une trachéotomie, il est impératif qu'elle ne bouge pas. Elle est sanglée sur une table et ils introduisent dans sa gorge un long tube de métal blanc. C'est recouverte de la dépouille d'un poney qu'Imelda Higgins assiste impassible à la scène.

*

Très tard le soir ou très tôt le matin, quand tous dorment, il peut prendre ses aises, avoir le lavabo pour lui seul ; barbe noire, très noire, les narines, soulève, d'un côté, l'autre, comme faisait

146

Monsieur Gudmundsson. Cernes, dort très mal ici, cheveux ébouriffés, électricité statique à des doses jamais éprouvées — tout objet métallique saisi vous secoue jusqu'à l'épaule, *zooooon*, champs électriques palpables. Il a maigri, peut-être. Se tourne de profil, essaie de se saisir en 3D, avec ces pensées-là dans cette boîte crânienne. Ou flottant autour de lui comme une atmosphère. À droite… à gauche… Ces idées-là, les idées qui flottent ici, par contamination, passent de tête en tête, tout le monde à moitié zinzin… C'est le vide, la compagnie perpétuelle des mêmes, et ce soleil en ronde, œil toujours ouvert, et le calme plat des éléments… Et le toubib qui dort debout… Et Queen Mum qui bâfre les restes du dîner en faisant le déjeuner, les restes du déjeuner en faisant le dîner, pancakes, sirop d'érable, bacon, bœuf en sauce, et même les pâtes froides, il paraît qu'il se lève la nuit… Et l'autre, le préposé aux incinolettes, qui les engueule comme des enfants et leur apprend le pot… Il y a quelques années, le toubib de la côte, armé de son scalpel et hurlant, paraît qu'il a fallu bricoler une camisole (à moins qu'elle ne soit prévue dans l'équipement) et le ligoter sur son lit en attendant un avion, ça peut être long, c'était un hivernage… nuit noire et tempêtes… les craquements de la banquise… S'était enfilé tout le stock de morphine, crise de manque en plein hiver austral… L'atmosphère fait naître les histoires, aussi bien. Se racontent le soir, dans la lumière infernale, comme pour obscurcir enfin le jour inépuisable… Celle du type qu'on retrouve congelé dans la neige, le visage heureux, les bras ouverts… et la neige qui a moulé les traces d'un corps étrange, mais fondu celui-là, disparu… Celle du *twin-otter* qui tarde à trouver la réserve de kérosène, et qui se pose un an plus tard, les passagers croyant s'être perdus quelques minutes dans le brouillard… Ce secret militaire, une colonie de manchots décimée par un virus, hémorragie des yeux et du bec… Des chants nocturnes ; des traces d'atterrissages en cercle, très nombreuses ; et le drapeau du vaincu, Scott, qu'on voit encore flotter en approchant le Pôle…

La saison avance et le soleil décline ; à bras tendu, peut-être d'une largeur de doigts sur l'horizon. Assez pour perdre plusieurs degrés en température, il fait – 47° cette nuit. Pete Tomson rasé de frais fait quelques pas dehors. Le soleil vrille les yeux. Lunettes. Le ciel semble s'être rapproché, d'un blanc éteint, mat et opaque, sonnant comme l'intérieur d'une cloche. Ronron de la centrale, odeur âcre des incinolettes… Échos du chantier, compresseurs, visseuses, les quelques voix de l'équipe de nuit rendues pâteuses par la distance et le gel. Une vapeur épaisse monte de ses vêtements… Chocs sourds, sabots… Edmée habite en permanence sa cabine radio, maintenant. Peter pourrait lui aussi s'installer un lit dans la chaufferie, il y pense depuis quelques jours, depuis qu'Edmée a osé franchir le pas ; mais il est un homme, lui, il n'a pas son prétexte pour faire bande à part. Et ce soleil, comme une médaille à un clou.

Sous la tente d'Edmée, gonflée par l'air chaud, nous soufflons des formes. Nous entourons Peter de si près que nous pourrions croire qu'il se tient là, devant la tente, grâce à nous. Mais voudrions-nous le pousser à l'intérieur, ce qui nous sert de mains passerait à travers lui. Nous culbuterions à travers son corps ou, pour certains, nous y resterions pris. L'air chaud palpite sous la toile. Peter est si près qu'à travers les jointures mal closes il sent le courant chaud sur ses cils congelés. Il défait les velcros de sa moufle ; le plus lentement possible, mais il a beau faire, ça fait *scriitch...* *scriiiitch* ; à moins que nous ne décomposions l'événement à plaisir. Comme un brusque retour de vent le brouhaha marin du chantier s'amplifie... déferle... Peter enlève sa moufle. Il fait glisser le sous-gant de soie ; sautent les pressions, *pît pît pît*. Nous assommons le fantôme d'Herzog et lui faisons bouffer ses moignons. Qu'on le veuille ou non, la main de Peter est nue.

Il la lève. On jurerait qu'il va prêter serment. Le froid grignote déjà son épiderme, durcit ses ongles et congèle les poils de ses phalanges, mais Peter Tomson du bout de l'index écarte très doucement la béance de la toile de tente.

*

Edmée prend une grande bouffée d'air et se retourne. Tout est prêt. La table est mise. Elle compte et recompte les assiettes, il lui semble qu'il en manque une. Samuel apporte l'énorme dinde, *thanksgiving*, il y en aura assez pour tout le monde. La tête de Samuel est bizarrement fixée sur son cou, il regarde le plafond, menton haut.

Ça ne l'empêchera pas de manger. Les invités sont tous là, assis autour de la table : le Lutin, Jan Perse, Imelda Higgins, le Fou. Edmée compte et recompte, la tête lui tourne. Il suffit d'avancer encore un peu, encore un peu, et voilà. Échappée. Elle est sur la terrasse d'une maison abandonnée, très belle. La terrasse donne sur un jardin. Le sol est dallé de briques rouges alignées soigneusement sur leur côté le plus étroit. Des jardinières cubiques sont creusées à intervalle régulier : dans chacune demeure un arbre. Les feuillages se rejoignent et forment le toit de la terrasse, Edmée se promène entre les piliers des troncs.

*

Air chaud. Air chaud sur main froide, air chaud sur œil approché, qui cille. On ne voit que des bouts d'Edmée. Tout est bleu, avec des lames jaunes. La toile bleue, percée de soleil jaune. Un sac de couchage bleu, d'où sort une chevelure. De la buée blanche autour des cheveux ; apparaît ; disparaît. L'air siffle. La centrale zonzonne, seuls Peter et nous l'entendons. Glouglous métalliques du chantier. Au fond de la mer. Dans le sous-marin. Et Peter et Edmée sont à la surface. Entre sa main et la toile fendue seul un fantôme désormais pourrait se glisser. Les doigts de Peter s'enhardissent — elle dort — il écarte un peu plus la toile. Nous soufflons dans les cheveux d'Edmée. Elle se tourne sur le dos. Étincelles. Peter voit, comme on voit la nuit sous les éclairs. Deux paupières bleu pâle. Un bout de nez rouge.

150

Des cheveux flous, sur lesquels est rabattu un bras blanc. Orage synthétique du sac de couchage, nous crépitons. La plus belle femme que la neige ait portée. Laissons-la venir. Laissons venir la neige, les orages magnétiques et les fantômes communs. Et les chansons, dans les vagues du chantier, dans les sifflements. Et les troupeaux au pas lourd, et les clochettes, *la la*. La béance est étroite, et les lames de soleil rendent l'ombre plus sombre et la lumière plus claire. Le visage d'Edmée fait une flaque pâle que continue le bras comme du lait répandu. Le haut de son épaule est nu, à peine le haut, et déjà le sac de couchage. Une sirène, une queue de sirène. *Une sirène, me voilà bien avancé.* Peter a la main qui gèle et très, très chaud. La sueur sourd de son visage et congèle instantanément, masque blanc.

L'alarme sonne.

Nous nous taisons.

Il se recule, la lumière l'écrase. Dans tout le paysage il n'y a que cette petite poche d'ombre… un repos pour les yeux, pour le corps… et s'y abriter serait… un tel repos…

Peter Tomson a froid et ses sous-vêtements sont trempés, il est resté trop longtemps dehors. Marcher droit devant lui, vers la centrale, dans le froid et la neige — autre genre d'apaisement.

Nous conciliabulons, nous choisissons nos demeures. Ceux qui suivent Peter débordent vers la centrale, ceux qui restent près d'Edmée font des tresses dans ses cheveux. Nous avons toujours été là. Nous sommes comme le mercure, les fantômes d'Edmée et les fantômes de Peter. Nos fragments se retrouvent, la pesanteur nous réunit ; puis nous nous éparpillons.

*

Passage du sommeil à la veille — HHHHH. Si ses cordes vocales étaient entrées en vibration, Edmée aurait hurlé. Mal à la gorge. Sécheresse de l'air ; et ce goût métallique de l'altitude dans la bouche. La centrale crie. Et elle ne sait quoi qui aimante les flux, les retient sous cloche et les empêche de s'épandre, résonne dans le cortex — migraine. (Verre d'eau — ce goût plat de l'eau dégelée, tiède, comme si on buvait sa propre salive.)

Il y avait deux rêves. L'un irrespirable et l'autre familier. Et quelqu'un debout devant la tente retenait sa respiration. L'air sifflait. Samuel se mettait à table et Imelda Higgins était là, entourée d'animaux ou de spectres. Une ménagerie, un poulailler. Cinq enfants sifflaient, nous ne naîtrons pas. Chantaient, nous ne naîtrons pas. Cinq non-enfants à ne pas naître, depuis toujours. Vite, debout. Edmée écarte la toile, voit Peter s'éloigner dans la neige. S'éloigner comme on s'éloigne ici, de dix ou vingt pas en arc-de-cercle, avant d'obliquer vers la chaufferie.

Le monde dérive lentement. Le disque argenté des pales de l'éolienne… Qui brasse moins l'air qu'elle ne fixe les regards… C'est pour ça que les missions ne durent que quelques mois, sauf sur la base russe mais ils tiennent à la vodka, et sur la base côtière, mais là-bas il y a la mer…

152

Qu'il soit le bienvenu. Personne ne peut être mieux-venu que lui. S'il se retourne, elle lui fera signe, un petit signe de la main. Et s'il ne se retourne pas, elle lui enverra un émissaire, un émissaire en rêve, un émissaire mental, pour lui dire qu'elle veut aussi, oui, et ce sera exactement aussi bien.

*

Lit d'ombre sous le grand soleil. Nous nous taisons. La voix glacée festonne ses cristaux. Dans le gel, dans l'espace. Nous nous taisons. Notre voix silencieuse, dans l'espace et le gel. La répétition silencieuse depuis toujours. Elle l'a vu, *she's seen him. Hiiiiisss. Chuuuut. Hushhhh.* Siiiiffle, dans le gel et les cristaux, la voix silencieuse depuis toujours. Lit d'ombre sous le grand soleil. *The great white sea.* Edmée est réveillée.

*

Bricoler un nouveau joint. Quand il répare d'un côté, ça claque de l'autre. Mais il en commandera ce soir, des joints. Il se sent débarrassé d'un souci. Grand froid dehors. On respire des aiguilles. L'haleine cristallise de suite, crépite en retombant sur l'anorak. Prodiges. Seul le gel finit les choses ici. Termine le travail, le perfectionne, le mène à bout. Le gel qui monte dans les cuisses, va bientôt attaquer le ventre, va l'obliger dans quelques minutes à rentrer, avec les autres, encore une fois. Dans son sac de couchage crépitant, elle

153

était sûrement nue, en tout cas elle avait les épaules nues. Elle fait ses valises, quelque part, elle s'embarque dans un avion. Nue. Il s'oblige à la rhabiller mentalement, c'est habillée qu'elle a pris l'avion évidemment, puis le bateau, le brise-glace depuis Ushuaia ; et lui-même, au même moment, valises à Húsavík, autobus, Keflavík, avion, Londres, puis Singapour, la chaleur absurde, puis Sydney, puis la Nouvelle-Zélande, avion, base côtière, re-avion, et ici même, enfin… et Edmée courant vers lui et posant sa valise, *boum*. Chacun a dans le dos le ruban de sa trajectoire, autour de la planète ça fait des déroulés. Avec des flèches pointant ici.

C'est géographique. C'est géométrique. C'est très simple. Pete Tomson se sent soulagé d'un second souci. Une rumeur de forêt aux oreilles. Dans les yeux, un cirque ambulant avec des girafes et des éléphants ; un bateau, une Arche qui tangue à l'horizon ; et des ours, dansant en musique, et des Arlequins marchant sur les mains. Le soleil est relié au sol par un demi-cercle. Un arc-en-ciel, mais blanc, un arc de lumière brute qui le tracte vers le bas, dans un effort à faire craquer la glace. Peter voudrait absorber tout le paysage. Il tourne sur lui-même. Englober, d'un coup, comprendre : tout le paysage. L'air, le soleil, le sol. Ce paysage habité par eux seuls, ce non-lieu, ce non-sens formidable, air soleil sol. Habité par eux seuls. Crevasses et craquements, et le désir de tout prendre, infini, juste en se tenant là, debout. Puisque arpenter est impossible. Puisque recenser, cadastrer, détailler est impossible. Devenir poreux, se laisser rapter par l'espace qui creuse ici un point immobile, et ne se met en branle, événement, cahots de machine, qu'avec ses pas à lui, Peter. Soubresauts du temps, *crac boum.* Comme sur la Lune quand Armstrong. *Cling clong*, démarrage du temps sur la Lune. Un petit pas pour moi. Neige intacte, le désir d'aller y imprimer sa marque, d'initier quelque chose dans cette direction : où rien ne s'est jamais passé.

Peter tourne sur lui-même, et ceux d'entre nous qui le suivent font la toupie. Ruban blanc-bleu du paysage, rompu par la petite excroissance de la cabine radio. Est-il possible qu'on l'ait vu ? Planté là devant ? La neige devant la porte est plus enfoncée qu'ailleurs, cuvette bleue. Si elle avait la curiosité d'étudier les empreintes. Toutes les bottes sont identiques, mais la taille ? 1969, *first man on the Moon.* L'astronaute au nom de jazzman. Swing, un petit pas… Les zébrures dans la poussière grise. Elles doivent toujours être là-haut.

*

Nous, nous ne savons rien. De cette atmosphère dont nous entourons le monde, comment nous extraire ? Nous sommes l'indifférence même. Nous nous mélangeons et nous centrifugeons les uns les autres, comment distinguer parmi nous qui a vécu, qui est resté dans les limbes ? Qui sait quelque chose et qui ne sait rien ? Nos déguisements et apparitions découpent des pans de l'atmosphère, mais le moindre souffle nous défait, le

Tangles

vent nous emmêle à nouveau, nous battons nos cartes et échangeons nos images mais elles conviennent toutes, *hop hop hop*… Ici où les vents naissent, dans l'œil Sud de la planète, ici où nous nous reposons. Autour d'Edmée, nous nous reposons. Autour de Peter, nous nous reposons. Autour du chantier actif, nous nous reposons. Autour de l'éolienne, *chip chip*, qui accumule watt par watt le peu d'énergie qu'il faudra, en cas de panne, pour lancer les *May Day* avant que tout craque, se disloque, que toutes les données se perdent… Nous soufflons, bénévolement. Ça ne nous coûte pas grand-chose. Des bateaux sombrent au large. Des guerres éclatent. Des familles s'entretuent. Mais notre météo, à notre connaissance, est aléatoire.

*

Where is everybody ? On dirait que les mots les plus simples perdent leur sens ; que « ce soir » renvoie à l'indéfini, qu'« urgent » signifie « plus tard » ; qu'un verbe au futur se réfère au passé et qu'un projet, un vœu, un simple souhait, la manifestation d'une volonté — se perdent, se diffusent, se renversent… Edmée ne peut pas se rendormir. Elle essaie de se concentrer sur le journal de Scott. Rien ne se déroule comme prévu, comme Scott l'avait prévu, sauf qu'Edmée, elle, le sait, comment ça se termine. Scott qui regarde toujours en arrière, l'expédition précédente, le fantôme de Shackleton, au lieu de regarder en avant : le réel, Amundsen. Le 9 janvier, la montre de Bowers se met, inexplicablement, à retarder de vingt-six minutes. Dès le 12 janvier, par saccades, cette impression de froid subite, qui va, qui vient, indépendante du temps qu'il fait. Et le 7 février, la provision de biscuits mystérieusement entamée. N'importe quelle lectrice de magazine sait mieux, aujourd'hui, ce qui arrive à Scott que Scott lui-même. Calories dépensées > calories absorbées = amenuisement. Scott et ses quatre hommes maigrissent puis se fragmentent. Ils perdent leurs orteils, leur nez, leurs oreilles et mêmes des morceaux de leurs joues. Et ils se mettent à errer dans une zone inconnue… en dehors du monde… Et ils s'effacent, le vent les balaie…

Edmée se frotte le visage. Mon Dieu, si on cherchait bien. Si on creusait sous le *cairn* de neige qui marque leur tombeau. Un siècle de congélation. Le visage de Scott, on le retrouverait. Et les monceaux de boîtes de conserve vides, les os, les carcasses des poneys, les caisses de biscuits, les traîneaux abandonnés… Tout ce qu'ils ont laissé derrière eux doit être quelque part, sous la neige… Si elle avait pensé, si on lui avait dit, qu'elle aurait tant de temps pour lire ici !… Elle s'assoit, enfile un tee-shirt, joue avec la souris de son ordinateur. Gribouille sur l'écran. Clique sur le fichier « globe » et fait apparaître la planète en 3D. Positionne l'hologramme au centre de la cabine et commande « rotation ». Lanterne magique, terres ocre et mers bleues… La tache blanche du Pôle en dessous… Un continent grand comme l'Europe. *Me voilà bien avancée.* Elle se rallonge, se laisse virer… Le jour, dehors… la nuit blanche… Yeux clos, le monde est rouge. La lumière est si forte, même sous la tente, qu'on perçoit l'intérieur de ses propres paupières, leur réseau sanguin, le rouge-orange de la chair translucide. L'intérieur du corps est rouge, sauf les entrailles, qui sont bleutées. Le rouge persiste quand elle les ouvre. Que fait-on quand on ne fait rien ? Et aussi : où est le centre du monde ? Questions qui ne sont pas nées ici, mais qu'elle a transportées jusqu'ici, depuis le lotissement, depuis avant, même, depuis les Lego dans la maison bordelaise… Un peu de nuit, elle donnerait plusieurs jours de sa vie pour une seule nuit maintenant…

*

Bien sûr, c'est un océan. Un océan de vide congelé. La croûte blanche cède sous les bottes de Peter, dessous aussi c'est vide, du vide pulvérulent pris sous la vieille neige, *crac, crounch*, meringue de vide cuite au froid. De la cabine d'Edmée démarre un chemin buissonnier, vers l'éolienne. Ses petits allers et retours de rongeur hibernant (les traces zigzagantes des hermines, et ces oiseaux immaculés dénoncés par leur envol, *clac clac clac*, la ligne noire sous leurs ailes : où a-t-il déjà vu ça ?). La neige vierge, au-delà. Voir le soleil virer. Et se dissoudre, à mesure qu'un point de fuite se crée entre le corps et la Terre. Peter lève la tête et regarde le ciel, où dérivent lentement des stratus très légers ; venus des quatre points cardinaux, et s'annulant ici, à leur point de contact ; comme si le Pôle siphonnait le ciel…

comme s'ils fondaient dans le bleu, ou comme si le bleu naissait de leur dissolution même… On pourrait être à l'envers. Les pieds dans le bleu et la tête dans le blanc. Avec un ciel de neige vierge et un azur foulé. Nous nous écartons : Peter passe. L'empreinte de ses pas le précède, *crac*, *crounch*, il n'a plus qu'à y glisser les pieds, il est léger, bottes et surbottes, il va vers la cabine d'Edmée.

*

Si le vide a un centre, Houston est au centre du vide, et Douglastown en est l'immédiate périphérie. Les cours de yoga avaient lieu deux fois par semaine dans la salle des fêtes du lotissement. Le mardi, et le jeudi. Il était difficile de dire si ça faisait du bien à Imelda Higgins, le yoga, mais au moins elle voyait du monde. Et parce qu'Edmée était connue pour être particulièrement oisive — un mari, des diplômes, mais ni enfants ni travail — ; ou parce que, allez savoir, Edmée avait vraiment de la bonté en elle ; bref, elle s'était proposée, Edmée, pour garder les enfants le mardi. Le plus petit, au moins, à cette heure-là faisait la sieste — il fallait le bercer constamment, et on avait un bras immobilisé, mais il n'en restait plus que quatre, des enfants Higgins. Celui de vingt mois, on pouvait toujours le fourrer dans son parc ; celle de trois ans, la gaver de biscuits ; mais le suivant était épileptique, et ne devait s'énerver sous aucun prétexte ; et l'aîné refusait d'adresser la parole à toute autre personne que sa mère. À moins qu'Edmée (deux ans sont déjà passés, c'est la première fois qu'elle fait le compte) ne les confonde dans leurs symptômes et leur hiérarchie, n'étant ni leur mère, ni leur pierre tombale. Il avait été question qu'Edmée donne des cours à l'aîné, des cours de français (comment s'appelait-il ?). Il devait avoir sept ou huit ans à cette époque-là, vu qu'il en avait neuf au moment des faits. C'était une des rares choses qu'Imelda ne pouvait pas assurer seule ; l'école dans sa totalité, le piano et les maths et le dessin et l'espagnol et même le basket elle s'en sortait très bien, et c'était toujours elle qu'on voyait autour de la fontaine carrée organiser des parties de balle au prisonnier, des promenades en tricycle ou des courses en sac ; mais pas le français. Évidemment l'expérience avait avorté très vite, puisque l'aîné des Higgins n'ouvrait pas le bec.

Samuel le lui avait bien dit, de ne pas s'en mêler, que ça ne la regardait pas, la façon dont les Higgins élevaient leurs enfants. Et il avait raison. Elle était à nouveau enceinte, paraît-il, au moment des faits. Edmée l'avait appelée pour lui dire, ce mardi-là, qu'elle ne pourrait pas garder les enfants. Elle s'était rendue à la salle des fêtes faire du yoga à sa place. Elle avait soufflé par le ventre en faisant *ôm*. Aucune autre voisine ne voulait plus prendre de tours de garde. Seul Jason Stuart leur donnait parfois les pizzas qui lui restaient sur les bras, ça faisait un repas de moins à penser pour Imelda, et le fils Wilkes leur tondait le gazon. Dr Spry, la pédiatre, allait jeter un œil de temps en temps. On ne pouvait pas dire qu'on n'avait rien tenté ; ou qu'on n'essayait pas de contenir les choses dans des proportions acceptables. Ce mardi-là vers 15 h 15, tout en berçant le plus petit, Imelda Higgins a fait couler un bain dans le grand jacuzzi du premier étage. C'était une journée de juillet, suffocante. Malgré la climatisation dans la salle de yoga, un seul rayon de soleil sur le corps suffisait à vous faire transpirer. Avec son petit dans les bras Imelda Higgins a aidé les quatre autres à se déshabiller. L'aîné a refusé, semble-t-il. Elle l'a pris à part pendant que les trois du milieu, conciliants, s'amusaient déjà dans l'eau, et elle l'a assommé avec un sèche-cheveux. Ensuite elle a branché le sèche-cheveux et elle l'a fait tomber, allumé, dans le jacuzzi. Elle a traîné le corps de l'aîné jusqu'à l'eau et elle l'a plongé dedans. Il est difficile de préciser à quel moment Imelda Higgins a soulagé son bras en jetant le bébé par la fenêtre. C'est une fois libérée, en tout cas, qu'elle s'est tranché les veines dans le sens de la longueur. Le bébé est tombé sur le gazon spongieux qui prolifère sous les arroseuses. Et il a survécu, le seul des enfants Higgins.

*

Qu'est-ce qu'il fabrique, à nouveau, devant cette tente fermée par du velcro ? Peut-on avoir aussi peur sur un continent où sont morts tant de… *conquérants* ? Nous lui jetons des mots comme autant d'os. C'est peut-être de vivre au rythme décousu de cette centrale : il perd le fil. Quand il parvient à trouver le sommeil, ses rares rêves sont plus vraisemblables que ses journées. Dans ses rêves, il fait nuit. Un grand repos s'y ouvre. Mais il est devant cette… cette porte de toile, il ne sait même pas comment la nommer, comment y frapper. Alors il gratte de la moufle. Il se sent sourire, ça craquelle ses joues froides. *De quoi allons-nous parler ?* La question siffle à ses oreilles avec l'air sous la toile, et son cœur accélère à nouveau. Mars, ou le journal de Scott. Peu importe. Les astronautes — parlons des morts, ça meuble. Il n'y a que deux endroits où s'asseoir, la banquette et la chaise. Peter sent violemment son corps debout devant le corps d'Edmée allongée. Elle constate : « C'est trop tard pour téléphoner. » Il confirme : « Oui. »

Voilà, ils se sont tout dit. La tente est gonflée à craquer de cette seconde qui dure. Peter et Edmée sont gigantesques. Ils occupent la tente et tout le continent, ils débordent sur les mers. Une force centrifuge est en train de nous expulser — ils prennent toute la place, ils veulent faire sans nous ! Edmée déplace sa main de quelques centimètres, l'espace se replie, la tente ploie, toile contre toile les dimensions se courbent — nous résistons : nous pouvons parler pour eux ! Mais Edmée a posé sa main sur la cuisse de Peter, elle prend appui, Peter se penche —

*

Cramponnés aux haubans de la tente, un blizzard fantôme déchiquette nos corps sans matière — « *it was love at first sight !* », « *amour avec tou-*

jours ! », « *strangers in the night !* » — poulailler de fantômes, caquètement de plumes et de nuées — « *nous ! nous !* » — hiboux centrifugés à tous vents, valdinguent dehors, dehors !

Silence. Edmée lâche ses mains. Elles dévalent les pentes et les à-plats, deux petits chevaux au gré de leur allure, libres sur le corps de Peter. Peter, ses mains, il les retient encore, il a serré ses doigts dans l'enclos de ses paumes, s'il les lâche il lui semble qu'Edmée va être nue dans la minute — *patience*, c'est sa voix à lui qu'il entend, sa voix dans sa tête, dans sa langue à lui — il se sent merveilleusement vide, ouvert et vaste, le monde est grand, la nuit tombera dans des mois, nous avons tout le temps — une ligne à douze mille volts entoure la petite cabine, personne ne frappera à notre porte, aucune voiture ne s'arrêtera dans un crissement de pneus et le vent mauvais ne nous emportera pas — nous sommes seuls, l'air, l'avenir, l'espace, sont dégagés et libres, nous sommes impeccablement seuls, nous n'avons rien d'autre à faire qu'à chercher, à chercher comment nous allons faire — et le globe lumineux tourne, Asie-Europe-Afrique-Amérique, traversé par des mains, des nuques, des bouches, des cheveux — Edmée, Peter, Peter, Edmée — *ouh !* ulule encore une voix — le poulailler de fantômes, criaillant et blackboulés — P dit oui, murmure oui, roule oui dans la bouche d'E

*

Mais la centrale sonne, et Peter prend quelques secondes pour se souvenir des longitudes et des latitudes ; de la neige et du soleil ; du froid, du gel, de sa fonction ici et de ce qui menace. Il en prend quelques autres pour rire avec Edmée, d'autres pour lui dévorer encore la bouche, manger sa tête. Une petite poignée de plus pour retrouver la verticale et se laisser tenir encore entre ses mains ; et une bonne minute pour se refaire une tenue et lacer ses bottes. Trente-huit secondes, ensuite, pour atteindre à grands pas la centrale. Les fantômes ont lié leurs membres autour de la cabine et sifflent — dans le filet d'air chaud quelques-uns nagent à contre-courant et tentent de s'immiscer — Edmée noue ses cheveux, passe un peu d'eau sur son visage. Seule, délicieusement seule, lourde des baisers de Peter, du corps tout juste éloigné de Peter, lourde et assise, ancrée et lourde, avec tout le temps qu'il faudra pour prendre ce corps-là à pleines mains, et légère de cet hélium de certitude qui emplit la poitrine, la tête, tout le corps — le grand anorak encore tiède qu'il a laissé lui fait un peignoir très amical — elle chantonne en laçant ses bottes, elle va aller le voir au travail.

*

« *Cette femme est trop bien pour toi* », braillent à tue-crâne les fantômes dans la sirène de la centrale, « *ça ne marchera jamais !* », Peter la fait taire d'un coup de clé à molette, où est la panne ? Saloperie de joints.

*

La centrale zonzonne. Il fait bon. Le plancher
de tôle isolée est tiède, trois ou quatre mètres
carrés libres, assez pour deux corps. Reprenons.
Ici, personne ne viendra les déranger. Un pli se
forme au ras du plancher… une pente… Au
large, très au large, la mer se bombe comme sous
une marée, un équilibre se crée entre les lois de
la physique et, ici, le phénomène : le corps d'Edmée et le corps de Peter roulent l'un vers l'autre.
Leur présence, l'un à l'autre, les rend immenses,
fluides et massifs à la fois. Au large, très au large,
un banc de baleines veut combler de son énorme
masse le gouffre ouvert par leurs corps. Calmars
géants surgissant des fosses ; glaciers vêlant leurs
portées d'icebergs ; plaques tectoniques forçant la
surface du magma : il faut bien ça, après que P et
E se sont trouvés, pour que la physique du globe
réajuste son équilibre.

L'espace est intermittent, percé de creux et de
niches, ils tombent dans ses dégagements, découvrent des failles. Elles passent entre leurs corps,
elles les dédoublent, les multiplient. Se toucher
met à feu les cellules, crée des ponts entre des
mondes. E n'est pas P, P n'est pas E. Ce qu'ils
s'incorporent ressemble à du temps. Des bulles
de rêverie éclatent dans leur cerveau : *anneau par
anneau nous muons et maintenant nous sommes nus.
Nous ne fondons pas, nous ne nous mêlons pas : nous
nous touchons.* Plus personne n'est là pour raconter d'histoires — ils tapent du pied et chas-
sent l'univers entier — *pfût !* la cabine est vide. Et
leur chœur enfle de cette résonance du vide, la

place est nette. C'est à distance, dehors, sur la neige, que les ombres se déploient. Sous le soleil perpétuel sont dressés les tréteaux du théâtre. Tristan et Yseult, Héloïse et Abélard, les Amants Crucifiés, Roméo, Juliette, le Prince et la Princesse, grimacent sur les planches. D'être à ce point laissés pour compte… d'être tenus pour si peu, les fantômes se massent, s'agglutinent, font corps avec l'abri de toile…

Il leur reste un lieu du monde par où se glisser : la bite de Peter. Le fantôme qui y loge tente l'ultime empêchement, convoque des spectres à nom de personnes, des mal-enterrés, des spécialistes du froid. L'abri se déchire, déflagration : par l'accroc déboule leur avalanche. Le « *c'est pas grave* » veut faire une sortie par la bouche d'Edmée, mais de gros jurons islandais, muets, déblaient le terrain à la grenade. Edmée a le fou rire. Peter bat le rappel du sang. Rien. Fantômes à l'arrêt comme des chiens de chasse. Rien. Le cerveau de Peter est sur mode congélation. Ses dents cèdent passage à deux ou trois syllabes dans on ne sait quelle langue. Edmée laisse éclater son rire. L'espace rebondit, élastique et doré. Ça ne va pas si mal.

*

Ils font, dehors, les quelques pas qui sont possibles. Laisser passer un peu d'air, respirer. Il est quatre heures du matin. Le soleil agaçant pendouille. La tête leur tourne, leurs jambes sont en coton. La monotonie extraordinaire de ce qui les entoure leur paraît farce. Ils sont revêtus de kevlar, de tissu thermique, de laine polaire, de cuir ; et les atomes d'azote et d'oxygène à − 47° C, en suspension entre deux, se déplacent à peine, à l'allure de leur pas. La bouche nue, c'est tout. Ils se rapprochent : peau très fraîche à la surface et la chaleur, l'humide, dedans. *Cling clong* de lunettes heurtées. « *Les Françaises embrassent comme ça* », un fantôme ressasseur essaie de suivre. Peter attrape la cagoule d'Edmée à deux moufles, s'engouffre plus profond dans l'espace nu. Edmée, tête ravie, s'enfonce aussi dans la béance.

Ensuite, encore ils marchent. « *Ils n'iront pas loin* » (deux vieillards du Pôle, radotant sur un banc). Le scooter des neiges de l'astrophysicien Ukla est là, au milieu de rien. Les clefs sur le contact *of course*. Il suffit d'une très légère déclivité de l'espace pour propulser Edmée et Peter pétaradant dans le désert. « *Pas plus de vingt minutes !* », c'est Peter qui a parlé, la voix de sa conscience a pris le contrôle de sa bouche — « *Ils peuvent tous crever !* », là c'est la voix d'Edmée, elle a pris le contrôle du scooter.

*

D'abord ils suivent les traces d'Ukla, ses fouilles de météores en rond, et quand ils atteignent le dernier cercle, ils piquent droit au Sud, sur le Pôle : à un quart d'heure de scooter environ, trois jours de marche pour Scott. Quand on habite au bord de la mer, on va voir la mer. Quand on vit près d'une chute d'eau, d'un point de vue ou du gouffre de Padirac, on va voir la chute, la vue, le gouffre. Ici, on va au Pôle. Il suffit de suivre les *cairns*, les bornes de neige pelletée. Le pôle Sud n'existe pas, c'est un ouï-dire, le centre de gravité du vide, un pan entre autres de la neige sur une carte blanche. *Pôt pôt pôt pôt* du scooter, dans une grande fuite de fantômes. Lentement le ciel s'est mis à clôturer l'espace. La béance ciel-sol se referme, blanc du ciel contre blanc du sol. Edmée plisse les yeux. Malgré les lunettes noires le *white out* est bientôt total : elle ralentit. L'horizon a disparu. Ce n'est pas que le ciel et la neige fondent au blanc en continu, non : c'est qu'il n'y a plus ni ciel ni neige.

« Ça ressemble à quoi, le pôle Sud ? » demande Edmée en mettant le *pôt pôt* au point mort. « Je crois qu'il y a un cairn pour Scott et Amundsen. Ou une grande croix pour indiquer qu'on y est, comme la ligne sur l'équateur. » De toute façon, sauf les lèvres de l'autre sous les lunettes, et les bandes fluo sur l'absence de corps, tout a disparu. Les voix sont aplaties, séchées, aucun écho ne trouve place. Ils mettent pied à terre. Ils se tiennent par la taille et se retiennent au scooter. Ils tombent. Tout est blanc. Ils tombent dans le blanc. S'ils se lâchent, ils disparaissent. Mais s'ils lâchent le scooter, ils sont dans la vraie panade : de leur moufle restée libre, c'est fermement qu'ils se tiennent à l'engin. Ils s'enlacent, un genou contre le moteur. La salive gèle aux commissures de leurs lèvres, ils la sucent, ils se mangent. C'est la première fois qu'au pôle Sud deux êtres humains mêlent lèvres et langue. Certes, l'Histoire ne s'en retourne pas dans son caveau. Comme une bête relève un instant le mufle de la carcasse qu'elle ronge, le temps ne jette qu'un bref coup d'œil sur son épaule. Mais c'est assez pour que l'espace creuse à nouveau ses déclivités, pour que le monde, légèrement, se déroute.

Là, à un mètre ou deux, la perspective se forme. Une profondeur suffisante pour modeler un objet, les trois dimensions de quelque chose, un disque, qui brille sans soleil. Ça hésite encore… les proportions varient… le disque épouse l'ensemble de l'espace recréé, recouvre le plan disponible… ou au contraire, se contracte en un point. De tant d'oscillations, il tourbillonne. Edmée se penche et le voilà qui s'immobilise : c'est une montre. C'est même, avec certitude, une montre du siècle dernier, du début du siècle, une montre à ressort, sans bracelet, qui se remonte. Elle est étrangement tiède, comme si elle venait de tomber d'une poche. Et elle fait tic tac. Le tic tac est gigantesque. Il rebondit, seul contre rien. Edmée consulte sa montre à elle, sa montre du XXIe siècle : il y a déjà vingt-six minutes qu'ils sont partis. Mais la montre ancienne indique toujours quatre heures. C'est la montre de Bowers.

La seule chose à faire est : demi-tour, en suivant mètre après mètre les traces laissées par le scooter. Carotter son propre espace dans le blanc. Sa propre trajectoire, mètre après mètre, doucement. *Pôt pôt pôt pôt.* Ça se fend sur leur passage. Ça s'élargit sans commentaire. C'est vide d'un vide parfait, vide jusqu'à eux, un vide primal. Peter et Edmée se mettent à brailler un hymne international quelconque, *we are the champions* ou autre, quelle importance, eux seuls s'entendent. Fous de joie et de vide.

« Voleurs ! » trépigne l'astrophysicien Ukla, dont la tête a surgi, *pop !* en éclaireur. Est-ce le bruit du moteur qui l'a tiré de son lit ? Il est harnaché de pied en cap. Claudio et Jan Perse apparaissent à ses côtés. Le *white out* se déchire. Le zon-zon familier de la centrale, le ronflement du chantier, le cliquetis des poulies sous le hangar des glaciologues, tout se remet en place, tout se réinstalle. « Merde », marmonne Peter dans sa langue. « *What time is it ?* » demande Edmée. Il est quatre heures de l'après-midi. *Teatime.* La montre de Bowers ne fait plus tic tac. Edmée ne parvient même plus à mettre la main dessus.

*

Les paysages de corps nus : en pente, en dévers. Irrégularités, fissures, plaines pâles ou brunes, la cuisse sombre de Peter sur la cuisse claire d'Edmée. Et l'écart pour se regarder ; la pointe d'espace et de temps ; la flèche qui les désigne. L'acarien se nourrit des squames de la peau ; ainsi les fantômes, de la psychologie. Ils les ont laissés derrière eux. Tout ce qu'ils découvrent fait partie de la découverte ; ce qu'ils explorent, de l'exploration. L'étonnement, ils prennent. L'odeur, les sucs, les poils, les saveurs — l'énorme joie, ils prennent. P et E ne sentent pas le temps passer. Les fantômes sont à la porte et s'ennuient : l'énervement guette.

Dans le creux de l'aine d'E, P voit sa vulve de trois quarts, comme un visage qui regarde ailleurs. Les feuilles de chair froissée, d'une couleur fluctuante, beige-pourpre ; rideaux, tentures, volants. S'il s'appuie plus commodément sur sa cuisse, les feuilles s'ouvrent, l'une se tend et l'autre se plisse un peu plus, et leur intérieur d'un rose nacré se dévoile, presque bleuté où commence, comme un toboggan d'un poli extraordinaire, le vagin. Étroit à son embouchure : alors que le delta annonce une longue médiane, seule la base est effectivement fendue. C'est un objet géométrique multiple ; déplier les feuilles les fait s'épanouir en losange, la profondeur luisante, huileuse, s'ouvre en triangle sur un cylindre à multiples rondeurs internes — ces jeux divinatoires, coupelles en papier ouvertes et fermées, avec lesquels jouaient les filles, à l'école ; et leurs jeux d'élastiques, les fils tendus découpaient l'espace en trapèzes entre les jambes croisées décroisées —

« *What are you looking ?* » demande Edmée dans leur anglais de contrebande. Le fantôme d'une pudeur ancienne passe, calme et lent, légitime. Une mèche de poils bride l'ourlet d'une lèvre, d'un coup de langue il la dégage. Une giclée de sang languide s'égare dans sa verge, et il soupire. L'heure est toujours à la conversation. Le vampire qui loge dans sa bite a les dents solidement plantées. Edmée ferme à demi l'angle de ses cuisses. Elle l'invite, d'une main qui joue dans ses cheveux, à s'installer un peu plus haut. Les poils blonds d'Edmée, de cette blondeur sombre qui ne voit jamais le soleil, chatouillent maintenant la joue de Peter. Le profil du clitoris se devine, en boule, un peu renfrogné. La cabine gire, il fait presque aussi jour dedans que dehors.

De la banquette où ils reposent, ils voient le Pôle en plein, sous l'hologramme du globe qui les enroule dans sa révolution. « Ça me fait penser, rêve Peter, à ces mousses qui poussent en col autour des troncs » — « et moi, rêve Edmée, à un agneau, à un fœtus d'agneau » — « je vois l'oreille » — « moi le museau » — « et la poche amniotique ». Le Pôle passe, emportant leur visage, les bulles de leur pensée… les sols sans forêt et les mers sans eau… les animaux, les arbres… les sons, les silences… L'odeur est totale, mucus, écume, sucs. « Un de ces crabes des Tropiques, avec son unique pince », « un cerveau », « un chou-fleur », ils s'amusent, se pincent, se mangent… Quand ils ne trouvent pas le bon mot en anglais, ils se taisent… leurs mains font des ombres chinoises, chien, crâne de cachalot, papillon à longue queue. Un éléphant. Un zèbre. Quand ils ne trouvent pas, ils prennent un autre mot… Rythme… Cymbales en mouvement. Ventricules qui pulsent. Un orchestre, une fosse aux ours. Une cellule en pleine méiose. Un manège de chevaux anciens. « Un orgue de Barbarie », souffle Edmée. « *What ?* » « *Music.* » « *I hear it too.* »

Le sexe de Peter repose sur sa cuisse, brun et rouge, et penaud. Les boucles de poils font des spirales mouillées, drues comme des ressorts, très noires. Edmée dégage les couilles, les englobe ; d'un mauve sombre, libres sous leur ganse, dans leur fluidité de glandes presque nues ; des orga-

172

nes hors du corps, révélés, extraordinaires. Elle les fait jouer dans le creux de sa paume comme des boules chinoises. Ce serait amusant de se les enfoncer dans le vagin pour jouir de leur roulement — bref, ce n'est pas possible. Cette peau, très fluide, comme elle se contracte quand on la serre, comme elle se froisse en nervures rugueuses, un cuir de jeune éléphant, un velours dur, et au relâchement, cette soie translucide — et la verge se soulève, indolente, puis navrée à nouveau sous les lèvres d'Edmée, qui mâche, amusée, inquiète, courtoise — cette impuissance fait lever son imagination comme une pâte à pain… — Je sors, dit Peter, *I'M GOING OUT* ! Il donnerait beaucoup pour une route, des rues, un bistrot, un port, la mer à prendre !

*

L'horizon blanc est accablant ; l'invisible triomphant se déchaîne. Peter pisse, debout dans la neige et la bite à − 40°, et quelqu'un se tient devant lui. Quelqu'un ou quelque chose, à travers quoi le soleil luit. Dans les faits, Peter lui pisse à travers. Mais le quelqu'un ou quelque chose semble insensible : debout aussi vrai que Peter est debout, mais seulement ça, debout : une densification du blanc, un précipité cosmique, une colonne laiteuse, à peine plus lourde, plus pesante, plus mélancolique et désolée et seule que tout ce qui ici appartient au blanc. Tiens : une bouche énorme est en train de s'ouvrir. Toute en dents, filaments et glu, du sang en dégorge —

apparaissent des yeux sanglants, et sur les côtés, des oreilles sanglantes, et au milieu un nez sanglant ; et plus bas, ce qui ressemble à une vulve prend naissance, déchiquetée et dégoûtante de sang. Les cheveux de Peter se dressent sous son bonnet au point qu'il le sent distinctement se soulever ; mais ce n'est rien : car du plat de la moufle il parvient facilement à le remettre dans sa première position. « *Fuck you, Clara* », dit-il avec le plus grand calme.

*

Le bateau est à quai. On peut accéder, par la passerelle, à une petite salle lambrissée où la pharmacienne, un peu grincheuse, est debout derrière un comptoir et regarde frontalement ceux qui franchissent la porte. Ses doigts sont des éprouvettes, et la paume de ses mains laisse passer la lumière électrique. Un billard dort dans l'ombre. Des hommes vêtus de lourdes chemises à carreaux sont accoudés au bar, ils boivent en fumant, ils se retournent pour regarder Edmée et Peter. Un seul visage, identique, sur les corps à carreaux. « Sortons par le fond », dit Edmée. L'eau est lisse, argentée, presque inexistante. On devine que la mer est juste derrière la digue, silencieuse ; une aube jaune et mate se diffuse, ça sent l'algue et l'éther, l'eau métallique prend des reflets de laiton. Au bout de la coursive s'ouvre un petit guichet où il suffit de passer sa commande. Des mains leur tendent un sachet de papier marqué de la croix verte habituelle, ils sont soulagés d'un

souci. « Dans la proue, dit Edmée, il y a une piscine, j'ai envie de nager. » Longtemps ils marchent, par glissades, à travers le plancher d'une
salle de bal. Dans la piscine il y a des toboggans,
des jets, des jacuzzis, des enfants qui courent,
sautent, crient. « Je saigne », dit Peter. « Prenons
rendez-vous », dit Edmée. Ils sortent chacun un
calepin de leur poche, les saisons sont indiquées
par des barres verticales de différentes couleurs, à
dominante bleu et blanc, des douzaines de
saisons qui font un ruban ondulant à travers les
pages.

*

Le *scritch* du velcro — Peter qui revient — réveille Edmée. Elle dit : « C'est égal, il faut qu'on
trouve des capotes. » « Le froid tue les saletés »,
tente-t-il. « Je ne pensais pas à ça. » « À la pharma-
cie de garde, alors. » Ils rient. Saison après saison
un pays imaginaire est bâti par les Lego d'absence
de ceux qui viennent ici. Je fais un saut à la plage
et je reviens. Je t'attends devant la gare. Je vais
cueillir les perce-neige. P embrasse l'intérieur de
la cuisse d'E. Peau tendre et grasse, plis qui roulent comme des grains de sucre. Douceur sans
frein ; il glisse. Un mot se forme à même son cerveau, un mot dans sa langue, il ne l'entend pas, le
sens afflue : *inépuisable*. Sa bouche en déborde sur
la cuisse embrassée. Les petits plis sont les mu-
queuses de ses lèvres, il les mange, les absorbe, se
laisse absorber et fondre dans la douceur grasse,
tiède… Et sa bouche dessine dans E des trajets…

du bombé de sa cuisse au dessous de ses bras en bouclant par les chevilles et par le bandeau du diaphragme, des fils se croisent au sexe d'E et demeurent, tendus, vibrants... de plus en plus serrés... l'afflux d'énergie gonfle sa vulve, elle guide la main de P pour défaire la pelote, pour tirer fil à fil ce qui se serre là...

si l'étrange mot *oui* forme une langue autonome, E et P en ce moment la parlent. Le dos, les aisselles, les jambes, les épaules, le cou, le cul, la bouche, le front, le ventre, les phalanges, la fosse iliaque et le creux poplité composent des corps tous pénétrables, chauds, brûleurs d'oxygène, dévoreurs d'eau et de carbone. Et cette anatomie heureuse emplit le minuscule abri de la cabine, montgolfière, amarres craquent, ils se regardent dans les yeux... sexe dans sexe, enfin ! Et ils ont le fou rire, ces sons multiples toute la base doit les entendre, ça les enchante, on ne pourra parler ni d'illusion ni de paranormal, de toute façon on ne parle pas de ces choses-là...

ces trajets, ces métamorphoses, ils les connaissent, ils les ont déjà parcourus, les caresses d'ici qui vont là, le sexe devenu le corps, et le plaisir à la fois dans et hors le corps... comme la pensée, dans et hors le corps... Ce n'est ni une découverte ni un bouleversement, mais un nouveau lac magnétique... Y nager... l'attraction du vide — y loger sa forme... plonger dans les ondes... dans les courants nés des métamorphoses, de l'espace entre les corps, rétrécissement, expansion... Il ne s'agit pas d'une foudroyante révélation, il s'agit du forage qu'opèrent le plaisir et la pensée ici et maintenant dans les dimensions connues : les fantômes d'hier et de demain peuvent toujours essayer…

je ne peux plus penser est la dernière pensée formulée par E avant qu'elle n'oublie sa personne, phrases réflexes et syllogismes, et la façon dont l'espace et le temps la clôturent. Le plaisir se polarise et les images affluent, le lac s'agrandit, s'étale, son sexe est un point du lac, une île autour de laquelle ondulent les ponts suspendus, c'est la dernière image dans le cerveau d'Edmée quand la jouissance la rapte — annule jusqu'aux images — elle crie. Dans le cerveau de P, l'astrophysicien Ukla, bizarrement, répète à l'infini une bribe de conférence, la phrase rebondit entre deux miroirs sonores, « *à 10^{34}°C l'irréversibilité du temps s'abolit* ». Le temps tourne sur lui-même, ralentit, change de sens, abdique — P perd le fil, ça se passe en ce moment même dans l'univers, au cœur des soleils, des novas, des géantes rouges, au début du début du big bang — avant que sur un cri il ne ferme les yeux, Edmée entre ses mains fait un lac de lumière pâle.

*

Leurs pas les mènent dans un grand appartement. Sur trois côtés gonfle une lumière urbaine, grise et jaune, formidablement pleine. Peter s'approche d'une fenêtre et ouvre : très en dessous palpite un embouteillage. Les feux rouges — *les feux rouges : j'avais oublié* — changent de couleur dans l'indifférence générale, seuls Peter et Edmée, de leur point d'observation, constatent le manquement aux règles. Des piétons se faufilent, pastilles vus d'en haut, parfois précédés du rectangle d'une poussette. Fenêtre refermée, l'appartement est silencieux. De fins piliers métalliques repoussent très haut le plafond. Ni cloisons ni meubles. Un murmure plein et doux, l'embouteillage aux vitres, rend leur solitude voluptueusement palpable. Il ne se passe rien. La poussière flotte dans la lumière chaude et ronde. La tiédeur et la quiétude se répondent, il fait bon, tout est calme, tout est calme, il fait bon. Elles montent dans les piliers avec l'air chaud qui, lentement, soulève le plafond montgolfière. Si le sommeil est une créature qui dort, voilà son rêve. Dehors, l'embouteillage fait rage. Des klaxons insistent, une ambulance ou des flics s'acharnent à passer.

*

L'alarme sonne. Ça doit faire un moment qu'elle sonne… Ils se regardent… L'endroit d'où ils viennent… Très haut au-dessus du vacarme, au-dessus de la mer… Le temps est en train de se reformuler à toute vitesse, en hululant — *uiiii*… Ce vagissement ils l'auront eu dans l'oreille, ces cris n'importe quand c'était le pôle Sud. Peter enfile sa combinaison. Un souvenir de la jouissance le reprend, presque aussi fort que la jouissance. Le visage d'E… Les yeux fermés… Rester là… Immobiles… Où sont-ils ? E est à côté de lui, nue, debout. Le *uiiii* déchire fixement la continuité de leur corps. Dans le cerveau de P, qui

arrache à ses membres les gestes un à un — attache ses bottes, enfile ses gants —, dans le cerveau
de P insiste l'image d'un *Caterpillar*. Chenillettes
mordant la glace, à pleine puissance. Avec sa
remorque pleine de bouffe et de carburant, et sa
chambre bien isolée, de quoi tenir des semaines
de neige, jusqu'à la côte. Les nuits blanches, tous
les deux, au milieu de nulle part — et prendre la
fuite par la mer, se faire rapatrier d'une façon ou
d'une autre, par les Russes ou les Américains…

Claudio et le toubib sont à la porte du dortoir,
ils le regardent passer. Quelques coups d'épaule,
Peter envoie valser des formes blanches, fait fuir à
coups de pied quelques chevaux. Pas le temps,
pas le temps… Une minute pour penser. Un
pressentiment… une certitude… se déplie en lui,
prend la place de son corps… Il avance vers la
chaufferie, *uiii, uiii,* mais ce qui s'est mis en
branle avec ses pas est une forme irréparable de
temps. Son corps se dédouble, il sent le travail de
sape, là-bas, le sabotage s'accentuer comme il
approche… se déterminer, atteindre les rouages,
gripper l'ensemble de la machine… miner un
peu plus les circuits… La distance augmente, l'effort qu'il doit fournir pour gagner du terrain
libère une énergie adverse : le *uiii* ferme un cercle autour de lui.

*

« *What's going on ?* » Edmée se hâte de rejoindre Peter à la chaufferie, avant que les autres ne
se précipitent à leur tour — il faut crier pour

s'entendre, *uiiii*... P est armé d'une pince, il fouille dans le ventre du machin. E pousse du pied des boyaux métalliques, elle a les mains dans les poches de l'anorak de P et elle contemple, il lui semble que la température chute déjà. Le *uiii* cesse d'un coup, interrogatif, étranglé — P victorieux tend une poignée de fils à E. « *Ouf* », souffle-t-elle. La centrale a un soubresaut. P et E sursautent, ils sont nerveux, ça les fait rire. Sous le capot rouge, ouvert en deux comme un thorax, une sorte de rouille a proliféré dans les circuits. Elle mousse autour des joints craquelés, elle semble sourdre du caoutchouc, une glu rougeâtre qui a rongé les tuyaux. « Incroyable ce que le froid peut faire », constate Edmée avec sobriété.

À son tour de jouer. Elle sait ce qu'elle a à faire, procédures codifiées. « *May Day, May Day* », canal d'urgence sur la fréquence radio, SOS lancés grâce à l'énergie éolienne. On entend des moteurs s'arrêter ; se taire des chuintements jusque-là jamais perçus, qui laissent place à un silence comme on n'en entend pas sur la planète, un silence de capsule, un silence d'intérieur vide. Peter tente de former une phrase dans son cerveau, une phrase acceptable, correcte, désolée, pour annoncer aux autres qu'il faut évacuer.

*

Dans le caisson isotherme, Peter est à un angle, Edmée à l'autre. La distance entre eux est maximale, on les a placés de façon symétrique : s'il restait des points cardinaux au Pôle, P serait au N-E, et E au S-O. Mais comme le caisson ne fait que six mètres de long sur quatre de large, et qu'il est situé approximativement à quinze kilomètres du Pôle, on peut affirmer sans mentir que Claudio, Jan Perse, le Lutin et les glaciologues, le Finlandais, Queen Mum, l'astrophysicien Ukla, Dimitri le météorologue, l'ingénieur chef, le chef de chantier et les ouvriers, plus Peter et Edmée, ont pour position géographique 90° de latitude Sud et 0° de longitude, Est ou Ouest, comme on veut, vu qu'ici on peut tourner sur un pied, c'est pareil.

Edmée n'ose pas regarder Peter. S'il la regarde, elle va sourire, et ce sera très mal perçu. Un bain de sang, il faut faire attention, ce sont des choses qui arrivent. L'astrophysicien Ukla, déjà stupéfait par l'affaire du scooter, ne finira jamais sa thèse ; les glaciologues n'atteindront pas l'eau du lac, la course sera gagnée par les Américains ; on ne trouvera pas dans la vieille glace l'antivirus qui aurait pu sauver l'humanité ou la bactérie qui aurait pu la détruire ; le Projet White va prendre une saison de retard, le budget alloué pour l'année est perdu et ne sera peut-être pas reconduit ; les dégâts causés par le gel vont coûter une fortune ; et si la météo est mauvaise, ils vont devoir rester dans cet abri des jours et des jours, vingt-quatre mètres carrés pour vingt-quatre personnes, à bouffer des rations de survie et boire des sodas énergétiques.

Ils sont assis en rang, dos contre la paroi ; Edmée entre Claudio et Jan Perse, elle veille à prendre de petites goulées d'air, à rentrer les épaules pour ne pas occuper trop de place. Envie de pisser — comment est-ce que ça se passe, est-ce qu'on a le droit de sortir ? Il fait affreusement chaud. Tous ces corps à 37°, plus la colère, ils ne vont pas mourir de froid. Voilà une heure qu'elle a lancé le premier *May Day*. La fenêtre météo était mauvaise, il faut attendre que la dépression s'éloigne de la côte ; et comme un C130 ne peut pas se poser ici, il va falloir mettre en place des allers et retours en *twin-otter*, à quatre passagers par voyage, avec les risques que ça comporte, et laisser tout le matériel sur place. Les valises et effets personnels reviendront en chenillettes, et ce qu'on peut sauver des expériences en cours. Le Lutin parle carottes, à voix basse, avec Dimitri. Il n'a plus l'air de rigoler du tout. Si Edmée, pour tuer le temps, devait classer par ordre ceux qui ont l'air le plus furieux, elle mettrait le Lutin en premier ; et en second, Claudio, le chef. C'est lui qui a lancé le deuxième *May Day* sur la radio de secours. Avec la conversation sourde du Lutin, c'est tout ce qu'on entend, le sifflement grincheux de la radio de secours, et quelque chose comme un gémissement du côté du toubib. Jan Perse est sorti, lui, le temps d'un aller et retour, il n'a demandé la permission à personne. Il n'y a pas d'incinolettes intégrées au caisson, quel est le protocole ? Est-ce qu'on peut encore utiliser les pissotières de la base ? On sera quand même restés presque une moitié de la saison… soixante-douze jours. Elle n'aura eu ses règles qu'une seule fois, espérons que ça va rentrer dans l'ordre. Le toubib n'a pas l'air bien du tout. Il geint, les yeux dans le vide. Le caisson n'a qu'une minuscule fenêtre de contrôle, un triangle bleu, on ne voit pas l'éolienne, juste un bout de ciel météorologique. La Base côtière les tiendra informés de l'évolution du temps, d'heure en heure… Claudio essaie d'organiser la nuit à venir. Edmée en conçoit une brève nostalgie de son pouvoir de standardiste, quand elle distribuait les temps satellite. Bref. L'espace est trop étroit pour que tout le monde s'allonge. Si on doit rester ici plusieurs jours (Edmée pique du nez) il faut prendre des tours de rôle pour dormir. Queen Mum distribue les rations de survie. Quand il tend la sienne à Edmée, son visage rouge vif, craquelé et sans âge, semble se déplacer vers le haut. Elle ose le regarder en face : cette douceur soudaine, ce rajeunissement vague et rose… ça doit être un sourire, offert avec les biscuits et le *peanut butter*. Edmée sent sa gorge se vider. Le point douloureux depuis qu'elle est ici, cette angine permanente de froid et d'altitude — quelque chose glisse et coule. Ils ne la verront pas pleurer. Elle ne leur fera pas ce plaisir.

Claudio se lève, il fait signe au Finlandais et à l'ingénieur chef… — ils vont droit vers Peter. Assis en tailleur, quasi en lotus, il ne se rend pas compte, il va se faire tuer… Ils enfilent leur anorak, ils sortent, ils l'emmènent. Lame d'air glacé… Le Lutin et les trois glaciologues vont dormir les premiers. On se serre un peu plus contre la paroi, ramener les genoux contre la poitrine. Edmée mâche son biscuit en silence. Une pâte d'eau, de sel et de farine emplit sa bouche, sa tête, sa poitrine… Si elle lâche son biscuit elle va sangloter.

Pour sûr il la mettront dans le dernier avion, par punition… Ils sauront s'organiser, le protocole en matière de vengeance est sans doute codifié à mort. L'air est déjà épais, il faudrait ouvrir, aérer… liqueur toxique que les haleines touillent… respirer, laisser simplement sa poitrine se soulever, est en rapport direct avec la haine perçue… L'espace se rabat d'un coup, avec un bruit énorme — BANG ! — est-ce qu'il y a une arme, sur la base ? Le cœur d'Edmée s'arrête — nouvelle déflagration. Mais ce sont seulement les premiers tuyaux qui explosent.

Claudio revient, suivi par le Finlandais, l'ingénieur ; et Peter. Ils transportent des trucs, sauvé elle ne sait quoi, aucune importance. Elle ferme les yeux. Tête vide. Vide. Une couleur, rouge. Paupières, intérieur du corps… Contraction de l'espace, bang ! Encore un tuyau, se boucher les oreilles… Toute la base va exploser, ils n'ont eu le temps de rien vidanger… Aucune importance. Masse obtuse de Claudio qui se rassoit, elle rouvre les yeux : Peter, à l'autre bout, la regarde. Ça fait un couloir vide, une glissière, un cône… Qu'il suffit de suivre… Inexpugnable et privé… Ni latitude ni longitude… Le souvenir de ce qu'ils viennent de vivre, le souvenir rouge… redevient énorme… central… ça leur prend le ventre et le cerveau… monte comme un fou rire… Surtout ne pas rire, pulsion de mort palpable… Baisser les yeux… Se taire… Retrouver un monde ordonné, régulé, avec des lois, des cycles… des saisons… des inconnus, des anonymes, des rues… Il ne s'agit plus que de péripéties… que de géographie, distances, délais et détours, mais ça y est, ils savent faire, les détails, les empêchements, l'impatience… le temps et l'espace, ils savent faire, contourner, se trouver… Si le gel et les autres les épargnent, ça n'est plus qu'une question de croix à tracer sur la planète, de repère à déterminer ensemble. C'est matériel et arpentable. L'indifférence à tout le reste, ils sauront faire. La fuite à deux, le nous-seuls, le monde, ils sauront. Le pôle Sud, à d'autres. Le caisson isotherme, sans nous. Le désert qui croît, mais sans nous. Mars, et les enfants morts, et les survivants qui soupirent, et les croche-pattes des fantômes, sans nous.

*

D'un follicule plissé, rouge sombre, fendu, se détache une sphère d'environ un quart de millimètre de diamètre. Dotée de nombreux cils, elle se laisse flotter au long d'un corridor gorgé d'un suc très fluide ; au gré de volutes qu'on pourrait croire ornementales, boucles, virages… au rebours desquelles s'évertuent, à la course, une nuée de corpuscules, comment les compter ? D'une longueur maximum de soixante microns, frétillant de la queue et pointant du museau, ils se bousculent. Triangulaires et laiteux, quand la sphère au caractère de reine tire plutôt sur l'incarnat. Le milieu est clos, il y règne une température propice, et les couleurs dont on parle ne se verraient qu'à la lumière : tout est opaque, et totalement dépourvu de raison. Un caisson isotherme, si l'on veut, mais organique et vivant. Un des petits triangles est en train de trouver un chemin entre deux cils incarnats… qui s'écartent un peu… lui laissent passage et *hop !* ferment derrière lui une membrane solide. Dans les plasmas mêlés, des filaments rayonnants prolifèrent en étoile, non sans rappeler la fleur qu'on nomme aster. Le triangle et la sphère fusionnent, deux spirales s'enroulent : naît un œuf. D'abord doubles, puis quadruples, les cellules qui le composent, formées à part égale de P et E, vont dans les jours qui viennent trouver à se nicher dans une confortable muqueuse, saine et gorgée de sang.

Dans le brise-glace qui la ramène, trois bonnes semaines après la panne, la houle n'est pas en cause si Edmée a mal au cœur. En terme de nourriture, de chaleur et d'oxygène, les conditions sont réunies : une indifférence souveraine est opposée à toute autre forme d'événement. Le sang bat, la mer est belle, la Terre tourne, et aux deux pôles, tout est calme et blanc.

*

DU MÊME AUTEUR

Composition NORD COMPO.
Impression Novoprint
à Barcelone, le 15 février 2005.
Dépôt légal : février 2005.

ISBN 2-07-031465-0./Imprimé en Espagne.